❋ 50 POEMAS ❋

E UM PREFÁCIO INTERESSANTÍSSIMO

Mário de Andrade

50 POEMAS

E UM PREFÁCIO INTERESSANTÍSSIMO

NOVA FRONTEIRA | RIO DE JANEIRO 2012

SUMÁRIO

NOTA EDITORIAL

Nesta coletânea apresentamos cinquenta poemas representativos de Mário de Andrade, um dos mais importantes e atuantes autores brasileiros do modernismo, precedidos do célebre PREFÁCIO INTERESSANTÍSSIMO, texto publicado em 1922, em *Pauliceia desvairada*, o primeiro livro de poemas do modernismo brasileiro.

A seleção dos textos seguiu alguns critérios que nos pareceram coerentes com nosso projeto, qual seja, o de dar a público uma mostra significativa da poesia desse autor, especialmente para leitores que estejam entrando em contato com ela pela primeira vez. Para tanto, selecionamos poemas bem conhecidos de quase todos os livros de poesia de Mário de Andrade, mantendo uma divisão por livro para que se saiba a qual deles determinado poema pertence originalmente. Importa ressaltar que todos os poemas que ora apresentamos foram fixados pelas estudiosas da obra andradiana, professoras Telê Ancona Lopez e Tatiana Longo Figueiredo, e sairão em breve numa bela reedição das *Poesias completas* do autor, que contará com um alentado dossiê ilustrado, além de um texto crítico de apresentação.

Outro critério que nos norteou foi o da escolha preferencialmente de poemas mais curtos, que podem ser lidos com toda a calma de um final de tarde de domingo, mas também no ônibus, no metrô, no trem, no intervalo entre uma atividade e outra, em meio ao dia a dia agitado das grandes metrópoles. As únicas exceções a essa regra foram o NOTURNO DE BELO HORIZONTE e o CARNAVAL CARIOCA, que representam, nesta coletânea, o interesse do autor pela diversidade cultural de um país tão multifacetado como o nosso.

No fim do volume, acrescentamos quatro poemas inéditos em livro, que foram descobertos pelas referidas pesquisadoras, num trabalho de verdadeiro garimpo. Neles, reproduzimos as notas de rodapé, elaboradas por essas pesquisadoras, e que esclarecem a origem desses textos. O tom empregado aí nesses quatro poemas é o mesmo que o encontrado em toda a poesia do autor: simples, coloquial, bem-humorado, crítico, preocupado em registrar uma fala brasileira.

Mário de Andrade era um indivíduo plural, interessado nos assuntos mais variados e sua vasta obra — não só a poética e a ficcional, mas também a ensaística e a crítica — representou uma verdadeira renovação para nossa literatura. Tentando dar um pouco mais a medida da vitalidade que Mário trouxe para nossas letras, apresentamos ainda neste volume, como já mencionado, o PREFÁCIO INTERESSANTÍSSIMO, texto que se tornou emblemático do modernismo no Brasil e que é, ao mesmo tempo, uma espécie de manifesto da poesia andradiana. Nele, são mencionadas as teorias das vanguardas europeias tão em voga naquele período e que muito influenciaram nossos escritores. Sua leitura com certeza ajudará, um pouco mais, na compreensão da poesia arlequinal do poeta que fundou o "Desvairismo" e o encerrou páginas depois por não querer ser responsável por mais um movimento estético que acabaria se tornando um amontoado de regras a serem seguidas.

Como se pode supor, mais que um simples contato com as características e o espírito do modernismo brasileiro, esta antologia reúne conteúdo fundamental para se conhecer e entender a poesia desse nosso grande escritor.

PAULICEIA DESVAIRADA

PREFÁCIO INTERESSANTÍSSIMO

Dans mon pays de fiel et d'or
j'en suis la loi.
E. VERHAEREN

Leitor:
Está fundado o Desvairismo.

•

Este prefácio, apesar de interessante, inútil.

•

Alguns dados. Nem todos. Sem conclusões. Para quem me aceita são inúteis ambos. Os curiosos terão prazer em descobrir minhas conclusões, confrontando obra e dados. Para quem me rejeita trabalho perdido explicar o que, antes de ler, já não aceitou.

•

Quando sinto a impulsão lírica escrevo sem pensar tudo o que meu inconsciente me grita. Penso depois: não só para corrigir, como para justificar o que escrevi. Daí a razão deste PREFÁCIO INTERESSANTÍSSIMO.

•

Aliás muito difícil nesta prosa saber onde termina a blague, onde principia a seriedade. Nem eu sei.

•

E desculpe-me por estar tão atrasado dos movimentos artísticos atuais. Sou passadista, confesso. Ninguém pode se libertar duma só vez das teorias-avós que bebeu; e o autor deste livro seria hipócrita se pretendesse representar orientação moderna que ainda não compreende bem.

•

Livro evidentemente impressionista.

Ora, segundo modernos, erro grave o Impressionismo.

Os arquitetos fogem do gótico como da arte nova, filiando-se, para além dos tempos históricos, nos volumes elementares: cubo, esfera, etc. Os pintores desdenham Delacroix como Whistler, para se apoiarem na calma construtiva de Rafael, de Ingres, do Greco. Na escultura Rodin é ruim, os imaginários africanos são bons. Os músicos desprezam Debussy, genuflexos diante da polifonia catedralesca de Palestrina e João Sebastião Bach. A poesia... "tende a despojar o homem de todos os seus aspectos contingentes e efêmeros, para apanhar nele a humanidade"... Sou passadista, confesso.

•

"Este Alcorão nada mais é que uma embrulhada de sonhos confusos e incoerentes. Não é inspiração provinda de Deus, mas criada pelo autor. Maomé não é profeta, é um homem que faz versos. Que se apresente com algum sinal revelador do seu destino, como os antigos profetas". Talvez digam de mim o que disseram do criador de Alá. Diferença cabal entre nós dois: Maomé apresentava-se como profeta; julguei mais conveniente apresentar-me como louco.

•

Você já leu São João Evangelista? Walt Whitman? Mallarmé? Verhaeren?

•

Perto de dez anos metrifiquei, rimei. Exemplo?

Artista

O meu desejo é ser pintor – Lionardo,
cujo ideal em piedades se acrisola;

fazendo abrir-se ao mundo a ampla corola
do sonho ilustre que em meu peito guardo...

Meu anseio é, trazendo ao fundo pardo
da vida, a cor da veneziana escola,
dar tons de rosa e de ouro, por esmola,
a quanto houver de penedia ou cardo.

Quando encontrar o manancial das tintas
e os pincéis exaltados com que pintas,
Veronese! teus quadros e teus frisos,

irei morar onde as Desgraças moram;
e viverei de colorir sorrisos
nos lábios dos que imprecam ou que choram!

•

Os srs. Laurindo de Brito, Martins Fontes, Paulo Setúbal, embora não tenham evidentemente a envergadura de Vicente de Carvalho ou de Francisca Júlia, publicam seus versos. E fazem muito bem. Podia, como eles, publicar meus versos metrificados.

•

Não sou futurista (de Marinetti). Disse e repito-o. Tenho pontos de contato com o futurismo. Oswald de Andrade, chamando-me de futurista, errou. A culpa é minha. Sabia da existência do artigo e deixei que saísse. Tal foi o escândalo, que desejei a morte do mundo. Era vaidoso. Quis sair da obscuridade. Hoje tenho orgulho. Não me pesaria reentrar na obscuridade. Pensei que se discutiriam minhas ideias (que nem são minhas): discutiram minhas intenções. Já agora não me calo. Tanto ridicularizariam meu silêncio como esta grita.

Andarei a vida de braços no ar, como o *Indiferente* de Watteau.

•

"Alguns leitores ao lerem estas frases (poesia citada) não compreenderam logo. Creio mesmo que é impossível compreender inteiramente à primeira leitura pensamentos assim esquematizados sem uma certa prática. Nem é nisso que um poeta pode queixar-se dos seus leitores. No que estes se tornam condenáveis é em não pensar que um autor que assina não escreve asnidades pelo simples prazer de experimentar tinta; e que, sob essa extravagância aparente havia um sentido porventura interessantíssimo, que havia qualquer coisa por compreender". João Epstein.

•

Há neste mundo um senhor chamado Zdislas Milner. Entretanto escreveu isto: "O fato duma obra se afastar de preceitos e regras aprendidas, não dá a medida do seu valor". Perdoe-me dar algum valor a meu livro. Não há pai que, sendo pai, abandone o filho corcunda que se afoga, para salvar o lindo herdeiro do vizinho. A ama-de-leite do conto foi uma grandíssima cabotina desnaturada.

•

Todo escritor acredita na valia do que escreve. Se mostra é por vaidade. Se não mostra é por vaidade também.

•

Não fujo do ridículo. Tenho companheiros ilustres.

•

O ridículo é muitas vezes subjetivo. Independe do maior ou menor alvo de quem o sofre. Criamo-lo para vestir com ele quem fere nosso orgulho, ignorância, esterilidade.

•

Um pouco de teoria?

Acredito que o lirismo, nascido no subconsciente, acrisolado num pensamento claro ou confuso, cria frases que são versos inteiros, sem prejuízo de medir tantas sílabas, com acentuação determinada.

Entroncamento é sueto para os condenados da prisão alexandrina. Há porém raro exemplo dele neste livro. Uso de cachimbo...

•

A inspiração é fugaz, violenta. Qualquer empecilho a perturba e mesmo emudece. Arte, que, somada a Lirismo, dá Poesia,[1] não consiste em prejudicar a doida carreira do estado lírico para avisá-lo das pedras e cercas de arame do caminho. Deixe que tropece, caia e se fira. Arte é mondar mais tarde o poema de repetições fastientas, de sentimentalidades românticas, de pormenores inúteis ou inexpressivos.

•

Que Arte não seja porém limpar versos de exageros coloridos. Exagero: símbolo sempre novo da vida como do sonho. Por ele vida e sonho se irmanam. E, consciente, não é defeito, mas meio legítimo de expressão.

•

"O vento senta no ombro das tuas velas!" Shakespeare.

Homero já escrevera que a terra mugia debaixo dos pés de homens e cavalos. Mas você deve saber que há milhões de exageros na obra dos mestres.

•

Taine disse que o ideal dum artista consiste em "apresentar, mais que os próprios objetos, completa e claramente qualquer característica essencial e saliente deles, por meio de alterações sistemáticas das relações naturais entre as suas partes, de modo a tornar essa característica mais visível e dominadora". O sr. Luís Carlos, porém, reconheço que tem o direito de citar o mesmo em defesa das suas "Colunas".

•

Já raciocinou sobre o chamado "belo horrível"? É pena. O belo horrível é uma escapatória criada pela dimensão da orelha de cer-

1. Nota MA: Lirismo + Arte = Poesia, fórmula de P. Dermée.

tos filósofos para justificar a atração exercida, em todos os tempos, pelo feio sobre os artistas. Não me venham dizer que o artista, reproduzindo o feio, o horrível, faz obra bela. Chamar de belo o que é feio, horrível, só porque está expressado com grandeza, comoção, arte, é desvirtuar ou desconhecer o conceito da beleza. Mas feio = pecado... Atrai. Anita Malfatti falava-me outro dia no encanto sempre novo do feio. Ora Anita Malfatti ainda não leu Emílio Bayard: "O fim lógico dum quadro é ser agradável de ver. Todavia comprazem-se os artistas em exprimir o singular encanto da feiura. O artista sublima tudo".

•

Belo da arte: arbitrário, convencional, transitório – questão de moda. Belo da natureza: imutável, objetivo, natural – tem a eternidade que a natureza tiver. Arte não consegue reproduzir natureza, nem este é seu fim. Todos os grandes artistas, ora consciente (Rafael das Madonas, Rodin do *Balzac*, Beethoven da *Pastoral*, Machado de Assis do *Brás Cubas)*, ora inconscientemente (a grande maioria) foram deformadores da natureza. Donde infiro que o belo artístico será tanto mais artístico, tanto mais subjetivo quanto mais se afastar do belo natural. Outros infiram o que quiserem. Pouco me importa.

•

Nossos sentidos são frágeis. A percepção das coisas exteriores é fraca, prejudicada por mil véus, provenientes das nossas taras físicas e morais: doenças, preconceitos, indisposições, antipatias, ignorâncias, hereditariedade, circunstâncias de tempo, de lugar, etc... Só idealmente podemos conceber os objetos como os atos na sua inteireza bela ou feia. A arte que, mesmo tirando os seus temas do mundo objetivo, desenvolve-se em comparações afastadas, exageradas, sem exatidão aparente, ou indica os objetos, como um universal, sem delimitação qualificativa nenhuma, tem o poder de nos conduzir a essa idealização livre, musical. Esta idealização livre, subjetiva, permite criar todo um ambiente de realidades ideais onde sentimentos, seres e coisas, belezas e defeitos se apresentam na sua plenitude heroica, que ultrapassa a defeituosa percepção dos sentidos. Não sei que futurismo pode existir em quem quase perfilha a concepção estética de Fichte. Fujamos da natureza! Só assim a arte não se ressentirá da ridícula fraqueza da fotografia... colorida.

•

Não acho mais graça nenhuma nisso da gente submeter comoções a um leito de Procusto para que obtenham, em ritmo convencional, número convencional de sílabas. Já, primeiro livro, usei indiferentemente, sem obrigação de retorno periódico, os diversos metros pares. Agora liberto-me também desse preconceito. Adquiro outros. Razão para que me insultem?

•

Mas não desdenho baloiços dançarinos de redondilhas e decassílabos. Acontece a comoção caber neles. Entram pois às vezes no cabaré rítmico dos meus versos. Nesta questão de metros não sou aliado; sou como a Argentina: enriqueço-me.

•

Sobre a ordem? Repugna-me, com efeito, o que Musset chamou: "L'art de servir à point un dénoument bien cuit".

•

Existe a ordem dos colegiais infantes que saem das escolas de mãos dadas, dois a dois. Existe uma ordem nos estudantes das escolas superiores que descem uma escada de quatro em quatro degraus, chocando-se lindamente. Existe uma ordem, inda mais alta, na fúria desencadeada dos elementos.

•

Quem leciona História do Brasil obedecerá a uma ordem que, certo, não consiste em estudar a guerra do Paraguai antes do ilustre acaso de Pedro Álvares. Quem canta seu subconsciente seguirá a ordem imprevista das comoções, das associações de imagens, dos contatos exteriores. Acontece que o tema às vezes descaminha.

•

O impulso lírico clama dentro de nós como turba enfuriada. Seria engraçadíssimo que a esta se dissesse:

"Alto lá! Cada qual berre por sua vez; e quem tiver o argumento mais forte, guarde-o para o fim!" A turba é confusão aparente. Quem souber afastar-se idealmente dela, verá o imponente desenvolver-se dessa alma coletiva, falando a retórica exata das reivindicações.

•

Minhas reivindicações? Liberdade. Uso dela; não abuso. Sei embridá-la nas minhas verdades filosóficas e religiosas; porque verdades filosóficas, religiosas, não são convencionais como a Arte, são verdades. Tanto não abuso! Não pretendo obrigar ninguém a seguir-me. Costumo andar sozinho.

•

Virgílio, Homero, não usaram rima. Virgílio, Homero, têm assonâncias admiráveis.

•

A língua brasileira é das mais ricas e sonoras.

E possui o admirabilíssimo "ão".

•

Marinetti foi grande quando redescobriu o poder sugestivo, associativo, simbólico, universal, musical da palavra em liberdade. Aliás: velha como Adão. Marinetti errou: fez dela sistema. É apenas auxiliar poderosíssimo. Uso palavras em liberdade. Sinto que o meu copo é grande demais para mim, e inda bebo no copo dos outros.

•

Sei construir teorias engenhosas. Quer ver?

A poética está muito mais atrasada que a música. Esta abandonou, talvez mesmo antes do século 8, o regime da melodia quando muito oitavada, para enriquecer-se com os infinitos recursos da harmonia. A poética, com rara exceção até meados do século 19 francês, foi essencialmente melódica. Chamo de verso melódico o mesmo que melodia musical: arabesco horizontal de vozes (sons) consecutivas, contendo pensamento inteligível.

Ora, se em vez de unicamente usar versos melódicos horizontais:

"Mnezarete, a divina, a pálida Phrynea,
Comparece ante a austera e rígida assemblea
Do Areópago supremo..."

fizermos que se sigam palavras sem ligação imediata entre si: estas palavras, pelo fato mesmo de se não seguirem intelectual, gramaticalmente, se sobrepõem umas às outras, para a nossa sensação, formando, não mais melodias, mas harmonias.

Explico melhor:

Harmonia: combinação de sons simultâneos. Exemplo:

"Arroubos... Lutas... Setas... Cantigas... Povoar!..."

Estas palavras não se ligam. Não formam enumeração. Cada uma é frase, período elíptico, reduzido ao mínimo telegráfico. Se pronuncio "Arroubos", como não faz parte de frase (melodia), a palavra chama a atenção para seu insulamento e fica vibrando, *à espera duma frase que lhe faça adquirir significado e QUE NÃO VEM*. "Lutas" não dá conclusão alguma a "Arroubos"; e, nas mesmas condições, não fazendo esquecer a primeira palavra, fica vibrando com ela. As outras vozes fazem o mesmo. Assim: em vez de melodia (frase gramatical) temos acorde arpejado, harmonia, – o verso harmônico.

Mas, se em vez de usar só palavras soltas, uso frases soltas: mesma sensação de superposição, não já de palavras (notas) mas de frases (melodias). Portanto: polifonia poética.

Assim, em *Pauliceia desvairada* usam-se o verso melódico:

"São Paulo é um palco de bailados russos";

o verso harmônico:

"A cainçalha... A Bolsa... As jogatinas...";

e a polifonia poética (um e às vezes dois e mesmo mais versos consecutivos):

"A engrenagem trepida... A bruma neva..."

Que tal? Não se esqueça porém que outro virá destruir tudo isto que construí.

Para ajuntar à teoria:

1º

Os gênios poéticos do passado conseguiram dar maior interesse ao verso melódico, não só criando-o mais belo, como fazendo-o mais variado, mais comotivo, mais imprevisto. Alguns mesmo conseguiram formar harmonias, por vezes ricas. Harmonias porém inconscientes, esporádicas. Provo inconsciência: Victor Hugo, muita vez harmônico, exclamou depois de ouvir o quarteto do *Rigoletto*: "Façam que possa combinar simultaneamente várias frases e verão de que sou capaz". Encontro anedota em Galli, *Estética musical*. Se non é vero...

2º

Há certas figuras de retórica em que podemos ver embrião da harmonia oral, como na lição das sinfonias de Pitágoras encontramos germe da harmonia musical. Antítese – genuína dissonância. E se tão apreciada é justo porque poetas como músicos, sempre sentiram o grande encanto da dissonância, de que fala G. Migot.

3º

Comentário à frase de Hugo. Harmonia oral não se realiza, como a musical, nos sentidos, porque palavras não se fundem como sons, antes baralham-se, tornam-se incompreensíveis. A realização da harmonia poética efetua-se na inteligência. A compreensão das artes do tempo nunca é imediata, mas mediata. Na arte do tempo coordenamos atos de memória consecutivos, que assimilamos num todo final. Este todo, resultante de estados de consciência sucessivos, dá a compreensão final, completa da música, poesia, dança terminada. Victor Hugo errou querendo realizar objetivamente o que se realiza subjetivamente, dentro de nós.

4º

Os psicólogos não admitirão a teoria... É responder-lhes com o Só-QUEM-AMA de Bilac. Ou com os versos de Heine de que Bilac tirou o Só-QUEM-AMA. Entretanto: se você já teve por acaso na vida um acontecimento forte, imprevisto (já teve, naturalmente) recorde-se do tumulto desordenado das muitas ideias que nesse momento lhe tumultuaram no cérebro. Essas ideias, reduzidas ao mínimo telegráfico da palavra, não se continuavam, porque não faziam parte de frase alguma, não tinham resposta, solução, continuidade. Vibravam, ressoavam, amontoavam-se, sobrepunham-se. Sem ligação, sem concordância aparente – embora nascidas do mesmo acontecimento – formavam, pela sucessão rapidíssima, verdadeira simultaneidade, verdadeiras harmonias acompanhando a melodia enérgica e larga do acontecimento.

5º

Bilac, *Tarde*, é muitas vezes tentativa de harmonia poética. Daí, em parte ao menos, o estilo novo do livro. Descobriu, para a língua brasileira, a harmonia poética, antes dele empregada raramente (Gonçalves Dias, genialmente, na cena da luta, I-JUCA-PIRAMA). O defeito de Bilac foi não metodizar o invento; tirar dele todas as consequências. Explica-se historicamente seu defeito: *Tarde* é um apogeu. As decadências não vêm depois dos apogeus.

O apogeu já é a decadência, porque sendo estagnação não pode conter em si um progresso, uma evolução ascensional. Bilac representa uma fase destrutiva da poesia; porque toda perfeição em arte significa destruição. Imagino o seu susto, leitor, lendo isto. Não tenho tempo para explicar: estude, se quiser. O nosso primitivismo representa uma nova fase construtiva. A nós compete esquematizar, metodizar as lições do passado.

Volto ao poeta. Ele fez como os criadores do organum medieval: aceitou harmonias de quartas e de quintas desprezando terceiras, sextas, todos os demais intervalos. O número das suas harmonias é muito restrito. Assim,

"[...] o ar e o chão, a fauna e a flora,
a erva e o pássaro, a pedra e o tronco, os ninhos e a hera,
a água e o réptil, a folha e o inseto, a flor e a fera"

dá impressão duma longa, monótona série de quintas medievais, fastidiosa, excessiva, inútil, incapaz de sugestionar o ouvinte e dar-lhe a sensação do crepúsculo na mata.[2]

•

Lirismo: estado afetivo sublime – vizinho da sublime loucura. Preocupação de métrica e de rima prejudica a naturalidade livre do lirismo objetivado. Por isso poetas sinceros confessam nunca ter escrito seus melhores versos. Rostand por exemplo; e, entre nós, mais ou menos, o sr. Amadeu Amaral. Tenho a felicidade de escrever meus melhores versos. Melhor do que isso não posso fazer.

•

Ribot disse algures que inspiração é telegrama cifrado transmitido pela atividade inconsciente à atividade consciente que o traduz. Essa atividade consciente pode ser repartida entre poeta e leitor. Assim aquele não escorcha e esmiúça friamente o momento lírico; e bondosamente concede ao leitor a glória de colaborar nos poemas.

2. Nota MA: Há 6 ou 8 meses expus esta teoria aos meus amigos. Recebo agora, dezembro, número 11 e 12, novembro, da revista *Esprit Nouveau*. Aliás *Esprit Nouveau*: minhas andas neste PREFÁCIO INTERESSANTÍSSIMO. Epstein, continuando estudo O FENÔMENO LITERÁRIO, observa o harmonismo moderno, a que denomina simultaneísmo. Acho-o interessante, mas diz que é "utopia fisiológica". Epstein no mesmo erro de Hugo.

•

"A linguagem admite a forma dubitativa que o mármore não admite". Renan.

•

"Entre o artista plástico e o músico está o poeta, que se avizinha do artista plástico com a sua produção consciente, enquanto atinge as possibilidades do músico no fundo obscuro do inconsciente". De Wagner.

•

Você está reparando de que maneira costumo andar sozinho...

•

Dom Lirismo, ao desembarcar do Eldorado do Inconsciente no cais da terra do Consciente, é inspecionado pela visita médica, a Inteligência, que o alimpa dos macaquinhos e de toda e qualquer doença que possa espalhar confusão, obscuridade na terrinha progressista. Dom Lirismo sofre mais uma visita alfandegária, descoberta por Freud, que a denominou Censura. Sou contrabandista! E contrário à lei da vacina obrigatória.

•

Parece que sou todo instinto... Não é verdade. Há no meu livro, e não me desagrada, tendência pronunciadamente intelectualista. Que quer você? Consigo passar minhas sedas sem pagar direitos. Mas é psicologicamente impossível livrar-me das injeções e dos tônicos.

•

A gramática apareceu depois de organizadas as línguas. Acontece que meu inconsciente não sabe da existência de gramáticas, nem de línguas organizadas. E como Dom Lirismo é contrabandista...

•

Você perceberá com facilidade que se na minha poesia a gramática às vezes é desprezada, graves insultos não sofre neste prefácio interessantíssimo. Prefácio: rojão do meu eu superior. Versos: paisagem do meu eu profundo.

•

Pronomes? Escrevo brasileiro. Se uso ortografia portuguesa é porque, não alterando o resultado, dá-me uma ortografia.

•

Escrever arte moderna não significa jamais para mim representar a vida atual no que tem de exterior: automóveis, cinema, asfalto. Se estas palavras frequentam-me o livro não é porque pense com elas escrever moderno, mas porque sendo meu livro moderno, elas têm nele sua razão de ser.

•

Sei mais que pode ser moderno artista que se inspire na Grécia de Orfeu ou na Lusitânia de Nun'Alvares. Reconheço mais a existência de temas eternos, passíveis de afeiçoar pela modernidade: universo, pátria, amor e a presença-dos-ausentes, ex-gozo--amargo-de-infelizes.

•

Não quis também tentar primitivismo vesgo e insincero. Somos na realidade os primitivos duma era nova. Esteticamente: fui buscar entre as hipóteses feitas por psicólogos, naturalistas e críticos sobre os primitivos das eras passadas, expressão mais humana e livre de arte.

•

O passado é lição para se meditar, não para reproduzir.
"E tu che sè costí, anima viva,
Pártiti da cotesti che son morti".

•

Por muitos anos procurei-me a mim mesmo. Achei. Agora não me digam que ando à procura da originalidade, porque já descobri onde ela estava, pertence-me, é minha.

•

Quando uma das poesias deste livro foi publicada, muita gente me disse: "Não entendi". Pessoas houve porém que confessaram: "Entendi, mas não senti". Os meus amigos... percebi mais duma vez que sentiam, mas não entendiam. Evidentemente meu livro é bom.

•

Escritor de nome disse dos meus amigos e de mim que ou éramos gênios ou bestas. Acho que tem razão. Sentimos, tanto eu como meus amigos, o anseio do farol. Se fôssemos tão carneiros a ponto de termos escola coletiva, esta seria por certo o "Farolismo". Nosso desejo: alumiar. A extrema-esquerda em que nos colocamos não permite meio-termo. Se gênios: indicaremos o caminho a seguir; bestas: naufrágios por evitar.

•

Canto da minha maneira. Que me importa se me não entendem? Não tenho forças bastantes para me universalizar? Paciência. Com o vário alaúde que construí, me parto por essa selva selvagem da cidade. Como o homem primitivo cantarei a princípio só. Mas canto é agente simpático: faz renascer na alma dum outro predisposto ou apenas sinceramente curioso e livre, o mesmo estado lírico provocado em nós por alegrias, sofrimentos, ideais. Sempre hei-de achar também algum, alguma que se embalarão à cadência libertária dos meus versos. Nesse momento: novo Anfião moreno e caixa-d'óculos, farei que as próprias pedras se reúnam em muralhas à magia do meu cantar. E dentro dessas muralhas esconderemos nossa tribo.

•

Minha mão escreveu a respeito deste livro que "não tinha e não tem nenhuma intenção de o publicar". *Jornal do Comércio*, 6 de junho. Leia frase de Gourmont sobre contradição: 1° volume das *Promenades littéraires*. Rui Barbosa tem sobre ela página lindíssima, não me recordo onde. Há umas palavras também em João Cocteau, *La noce massacrée*.

•

Mas todo este prefácio, com todo o disparate das teorias que contém, não vale coisíssima nenhuma. Quando escrevi *Pauliceia desvairada* não pensei em nada disto. Garanto porém que chorei, que cantei, que ri, que berrei... Eu vivo!

•

Aliás versos não se escrevem para leitura de olhos mudos. Versos cantam-se, urram-se, choram-se. Quem não souber cantar não leia PAISAGEM Nº 1. Quem não souber urrar não leia ODE AO BURGUÊS. Quem não souber rezar, não leia RELIGIÃO. Desprezar: A ESCALADA. Sofrer: COLLOQUE SENTIMENTAL. Perdoar: a cantiga do berço, um dos solos de Minha Loucura, das ENFIBRATURAS DO IPIRANGA. Não continuo. Repugna-me dar a chave de meu livro. Quem for como eu tem essa chave.

•

E está acabada a escola poética "Desvairismo".

•

Próximo livro fundarei outra.

•

E não quero discípulos. Em arte: escola = imbecilidade de muitos para vaidade dum só.

•

Poderia ter citado Gorch Fock. Evitava o PREFÁCIO INTERESSANTÍSSIMO. "Toda canção de liberdade vem do cárcere".

Inspiração

Onde até na força do verão havia
tempestades de ventos e frios de
crudelíssimo inverno.
FR. LUÍS DE SOUSA

São Paulo! comoção de minha vida...
Os meus amores são flores feitas de original!...
Arlequinal!... Traje de losangos... Cinza e ouro...
Luz e bruma... Forno e inverno morno...
Elegâncias sutis sem escândalos, sem ciúmes...
Perfumes de Paris... Arys!
Bofetadas líricas no Trianon... Algodoal!...

São Paulo! comoção de minha vida...
Galicismo a berrar nos desertos da América!

O TROVADOR

Sentimentos em mim do asperamente
dos homens das primeiras eras...
As primaveras de sarcasmo
intermitentemente no meu coração arlequinal...
Intermitentemente...
Outras vezes é um doente, um frio
na minha alma doente como um longo som redondo...
Cantabona! Cantabona!
Dlorom...

Sou um tupi tangendo um alaúde!

❀ Os cortejos

Monotonias das minhas retinas...
Serpentinas de entes frementes a se desenrolar...
Todos os sempres das minhas visões! "Bon giorno, caro".

Horríveis as cidades!
Vaidades e mais vaidades...
Nada de asas! Nada de poesia! Nada de alegria!
Oh! os tumultuários das ausências!
Pauliceia – a grande boca de mil dentes;
e os jorros dentre a língua trissulca
de pus e de mais pus de distinção...

Giram homens fracos, baixos, magros...
Serpentinas de entes frementes a se desenrolar...

Estes homens de São Paulo,
todos iguais e desiguais,
quando vivem dentro dos meus olhos tão ricos,
parecem-me uns macacos, uns macacos.

O rebanho

Oh! minhas alucinações!
Vi os deputados, chapéus altos,
sob o pálio vesperal, feito de mangas-rosas,
saírem de mãos dadas do Congresso...
Como um possesso num acesso em meus aplausos
aos salvadores do meu estado amado!...

Desciam, inteligentes, de mãos dadas,
entre o trepidar dos táxis vascolejantes,
a rua Marechal Deodoro...
Oh! minhas alucinações!
Como um possesso num acesso em meus aplausos
aos heróis do meu estado amado!...

E as esperanças de ver tudo salvo!
Duas mil reformas, três projetos...
Emigram os futuros noturnos...
E verde, verde, verde!...
Oh! minhas alucinações!
Mas os deputados, chapéus altos,
mudavam-se pouco a pouco em cabras!
Crescem-lhes os cornos, descem-lhes as barbinhas...
E vi que os chapéus altos do meu estado amado,
com os triângulos de madeira no pescoço,
nos verdes esperanças, sob as franjas de ouro da tarde,
se punham a pastar
rente do palácio do senhor presidente...
Oh! minhas alucinações!

Paisagem nº 1

Minha Londres das neblinas finas!
Pleno verão. Os dez mil milhões de rosas paulistanas.
Há neve de perfumes no ar.
Faz frio, muito frio...
E a ironia das pernas das costureirinhas
parecidas com bailarinas...
O vento é como uma navalha
nas mãos dum espanhol. Arlequinal!...
Há duas horas queimou sol.
Daqui a duas horas queima sol.

Passa um São Bobo, cantando, sob os plátanos,
um tralalá... A guarda-cívica! Prisão!
Necessidade a prisão
para que haja civilização?
Meu coração sente-se muito triste...
Enquanto o cinzento das ruas arrepiadas
dialoga um lamento com o vento...
Meu coração sente-se muito alegre!
Este friozinho arrebitado
dá uma vontade de sorrir!
E sigo. E vou sentindo,
à inquieta alacridade da invernia,
como um gosto de lágrimas na boca...

Ode ao burguês

Eu insulto o burguês! O burguês-níquel,
o burguês-burguês!
A digestão bem-feita de São Paulo!
O homem-curva! o homem-nádegas!
O homem que sendo francês, brasileiro, italiano,
é sempre um cauteloso pouco-a-pouco!

Eu insulto as aristocracias cautelosas!
Os barões lampiões! os condes Joões! os duques zurros!
que vivem dentro de muros sem pulos;
e gemem sangues de alguns milréis fracos
para dizerem que as filhas da senhora falam o francês
e tocam o *Printemps* com as unhas!

Eu insulto o burguês-funesto!
O indigesto feijão com toucinho, dono das tradições!
Fora os que algarismam os amanhãs!
Olha a vida dos nossos setembros!
Fará sol? Choverá? Arlequinal!
Mas à chuva dos rosais
o êxtase fará sempre sol!

Morte à gordura!
Morte às adiposidades cerebrais!
Morte ao burguês-mensal!
ao burguês-cinema! Ao burguês-tílburi!
Padaria Suíça! Morte viva ao Adriano!
"– Ai, filha, que te darei pelos teus anos?

– Um colar... – Conto e quinhentos!!!
Mas nós morremos de fome!"

Come! Come-te a ti mesmo, oh! gelatina pasma!
Oh! purée de batatas morais!
Oh! cabelos nas ventas! oh! carecas!
Ódio aos temperamentos regulares!
Ódio aos relógios musculares! Morte e infâmia!
Ódio à soma! Ódio aos secos e molhados!
Ódio aos sem desfalecimentos nem arrependimentos,
sempiternamente as mesmices convencionais!
De mãos nas costas! Marco eu o compasso! Eia!
Dois a dois! Primeira posição! Marcha!
Todos para a Central do meu rancor inebriante!

Ódio e insulto! Ódio e raiva! Ódio e mais ódio!
Morte ao burguês de giolhos,
cheirando religião e que não crê em Deus!
Ódio vermelho! Ódio fecundo! Ódio cíclico!
Ódio fundamento, sem perdão!

Fora! Fu! Fora o bom burguês!...

❋ O DOMADOR

Alturas da Avenida. Bonde 3.
Asfaltos. Vastos, altos repuxos de poeira
sob o arlequinal do céu ouro-rosa-verde...
As sujidades implexas do urbanismo.
Filets de manuelino. Calvícies de Pensilvânia.
Gritos de goticismo.
Na frente o tram da irrigação,
onde um sol bruxo se dispersa
num triunfo persa de esmeraldas, topázios e rubis...
Lânguidos boticellis a ler Henry Bordeaux
nas clausuras sem dragões dos torreões...

Mário, paga os duzentos réis.
São cinco no banco: um branco,
um noite, um ouro,
um cinzento de tísica e Mário...
Solicitudes! Solicitudes!

Mas... olhai, oh meus olhos saudosos dos ontens
esse espetáculo encantado da Avenida!
Revivei, oh gaúchos paulistas ancestremente!
e oh cavalos de cólera sanguínea!
Laranja da China, laranja da China, laranja da China!
Abacate, cambucá e tangerina!
Guardate! Aos aplausos do esfuziante clown,
heroico sucessor da raça heril dos bandeirantes,
passa galhardo um filho de imigrante,
loiramente domando um automóvel!

❁ Paisagem nº 2

Escuridão dum meio-dia de invernia...
Marasmos... Estremeções... Brancos...
O céu é toda uma batalha convencional de confetti
[brancos;
e as onças pardas das montanhas no longe...
Oh! para além vivem as primaveras eternas!

As casas adormecidas
parecem teatrais gestos dum explorador do polo
que o gelo parou no frio...

Lá para as bandas do Ipiranga as oficinas tossem...
Todos os estiolados são muito brancos.
Os invernos de Pauliceia são como enterros de virgem...
Italianinha, torna al tuo paese!

Lembras-te? As barcarolas dos céus azuis nas águas verdes...
Verde – cor dos olhos dos loucos!
As cascatas das violetas para os lagos...
Primaveral – cor dos olhos dos loucos!

Deus recortou a alma de Pauliceia
num cor de cinza sem odor...
Oh! para além vivem as primaveras eternas!...

Mas os homens passam sonambulando...
E rodando num bando nefário,
vestidas de eletricidade e gasolina,
as doenças jocotoam em redor...

Grande função ao ar livre!
Bailado de Cocteau com os barulhadores de Russolo!
Opus 1921.

São Paulo é um palco de bailados russos.
Sarabandam a tísica, a ambição, as invejas, os crimes
e também as apoteoses da ilusão...
Mas o Nijinsky sou eu!
E vem a Morte, minha Karsavina!
Quá, quá, quá! Vamos dançar o fox-trot da desesperança,
a rir, a rir dos nossos desiguais!

Paisagem nº 3

Chove?
Sorri uma garoa cor de cinza,
muito triste, como um tristemente longo...
A casa Kosmos não tem impermeáveis em liquidação...
Mas neste largo do Arouche
posso abrir meu guarda-chuva paradoxal,
este lírico plátano de rendas mar...

Ali em frente... – Mário, põe a máscara!
– Tens razão, minha Loucura, tens razão.
O rei de Tule jogou a taça ao mar...

Os homens passam encharcados...
Os reflexos dos vultos curtos
mancham o petit-pavé...
As rolas da Normal
esvoaçam entre os dedos da garoa...
(E se pusesse um verso de Crisfal
No *De Profundis*?...)
De repente
um raio de Sol arisco
risca o chuvisco ao meio.

❁ Colloque sentimental

Tenho os pés chagados nos espinhos das calçadas...
Higienópolis!... As Babilônias dos meus desejos baixos...
Casas nobres de estilo... Enriqueceres em tragédias...
Mas a noite é toda um véu-de-noiva ao luar...

A preamar dos brilhos das mansões...
O jazz-band da cor... O arco-íris dos perfumes...
O clamor dos cofres abarrotados de vidas...
Ombros nus, ombros nus, lábios pesados de adultério...
E o rouge – cogumelo das podridões...
Exércitos de casacas eruditamente bem talhadas...
Sem crimes, sem roubos o carnaval dos títulos...
Se não fosse o talco adeus sacos de farinha!
Impiedosamente...

– Cavalheiro... – Sou conde! – Perdão.
Sabe que existe um Brás, um Bom Retiro?

– Apre! respiro... Pensei que era pedido.
Só conheço Paris!

– Venha comigo então.
Esqueça um pouco os braços da vizinha...

– Percebeu, hein! Dou-lhe gorjeta e cale-se.
O sultão tem dez mil... Mas eu sou conde!

– Vê? Estas paragens trevas de silêncio...
Nada de asas, nada de alegria... A lua...

A rua toda nua... As casas sem luzes...
E a mirra dos martírios inconscientes...

– Deixe-me pôr o lenço no nariz.
Tenho todos os perfumes de Paris!

– Mas olhe, embaixo das portas, a escorrer...
– Para os esgotos! Para os esgotos!

– ...a escorrer,
um fio de lágrimas sem nome!...

❀ Paisagem nº 4

Os caminhões rodando, as carroças rodando,
rápidas as ruas se desenrolando,
rumor surdo e rouco, estrépitos, estalidos...
E o largo coro de ouro das sacas de café!...

Na confluência o grito inglês da São Paulo Railway...
Mas as ventaneiras da desilusão! a baixa do café!...
As quebras, as ameaças, as audácias superfinas!...
Fogem os fazendeiros para o lar!... Cincinato Braga!...
Muito ao longe o Brasil com seus braços cruzados...
Oh! as indiferenças maternais!...

Os caminhões rodando, as carroças rodando,
rápidas as ruas se desenrolando,
rumor surdo e rouco, estrépitos, estalidos...
E o largo coro de ouro das sacas de café!...

Lutar!
A vitória de todos os sozinhos!...
As bandeiras e os clarins dos armazéns abarrotados...
Hostilizar!... Mas as ventaneiras dos braços cruzados!...

E a coroação com os próprios dedos!
Mutismos presidenciais, para trás!
Ponhamos os (Vitória!) colares de presas inimigas!
Enguirlandemo-nos de café-cereja!
Taratá! e o peã de escárnio para o mundo!

Oh! este orgulho máximo de ser paulistamente!!!

LOSANGO CÁQUI

OU

AFETOS MILITARES DE MISTURA
COM OS PORQUÊS DE EU SABER ALEMÃO

I

Meu coração estrala.
Esse lugar-comum inesperado: Amor.

Na trajetória rápida do bonde...
    De Sant'Ana à cidade.
        Da Terra à Lua
            Júlio Verne
        Atravessei o núcleo dum cometa?
    Me sinto vestido de luzes estranhas
    E da inquietação fulgurante da felicidade.

Aqueles olhos matinais sem nuvens...
Meu coração estrala.

No entanto dia intenso apertado.
            Fui buscar minha farda.
            Choveu.
            Visita espanto
            Discussões estéticas.
            Automóvel confidencial.
            Os cariocas perderam o matche.
            Eta paulistas!

Mas aqueles olhos matinais sem nuvens...
Meu refrão!

E penso nela, unicamente penso em mim.
Amo todos os amores de S. Paulo... do Brasil.
Eu sou a Fama de cem bocas

Pra beijar todas as mulheres do mundo!
Hoje é Suburra nos meus braços abraços frementes amor!
Minha Loucura, acalma-te.
... Muitos dias de exercícios militares...
Previsões tenebrosas...
Revoluções futuras...
Perspectiva de escravo cáqui, pardacento, fardacento...

Meu coração estrala.
Amor!...

II Máquina-de-escrever

B D G Z, Remington.
Pra todas as cartas da gente.
Eco mecânico
De sentimentos rápidos batidos.
Pressa, muita pressa.
Duma feita surripiaram a máquina-de-escrever
[de meu mano.
Isso também entra na poesia
Porque ele não tinha dinheiro pra comprar outra.

Igualdade maquinal,
Amor ódio tristeza...
E os sorrisos da ironia
Pra todas as cartas da gente...
Os malévolos e os presidentes da República
Escrevendo com a mesma letra...
Igualdade
Liberdade
Fraternité, point.
Unificação de todas as mãos...

Todos os amores
Começando por uns AA que se parecem...
O marido que engana a mulher,
A mulher que engana a marido,
Os amantes os filhos os namorados...

"Pêsames".

"Situação difícil.
Querido amigo... (E os 50 milréis.)
Subscrevo-me
Admor. obgo."
E a assinatura manuscrita.

Trique... Estrago!
É na letra O.
Privação de espantos
Pras almas especulas diante da vida!
Todas as ânsias perturbadas!
Não poder contar meu êxtase
Diante dos teus cabelos fogaréu!

A interjeição saiu com o ponto fora de lugar!
Minha comoção
Se esqueceu de bater o retrocesso.
Ficou um fio
Tal e qual uma lágrima que cai
E o ponto final depois da lágrima.

Porém não tive lágrimas, fiz "Oh!"
Diante dos teus cabelos fogaréu.
A máquina mentiu!
Sabes que sou muito alegre
E gosto de beijar teus olhos matinais.
Até quarta, heim, ll.

Bato dois LL minúsculos.
E a assinatura manuscrita.

IV

Soldado-raso da República.
Quarto batalhão de Caçadores aquartelado em Sant'Ana.
Rogai por nós!
Valha-me Deus!
Todo vibro de ignorâncias militares.
...O calcanhar direito se levanta,
Corpo inclinado pra frente...

A marcha rompe.

Marcha, soldado,
Cabeça de papel,
Soldado relaxado
Vai preso pro quartel...

VII

Que sono!
Todo dia,
Quatro e meia,
Madrugada...
            Tácito hoje não veio.
            Que seria?
      Inquietação.

A neblina se senta a meu lado no bonde.

Estou doente.

RUA DOS INVOLUNTÁRIOS DA PÁTRIA.

IX

❀ ❀ ❀

Careço de marchar cabeça levantada
Olhar altivo pra frente...

Mas eu queria olhar à esquerda...
Bonita casa colonial
Cheinha mesmo de paisagem!

"– Olhar altivo pra frente!"

O meu tenente
Não aprecia as casas coloniais.

Porém o meu olhar blefa o tenente.
Olhou altivo pra frente
E batendo no quepe do soldado da frente
Fez esquerda-volver
E meigamente espiou a casa colonial.

XXII

A manhã roda macia a meu lado
Entre arranha-céus de luz
Construídos pelo melhor engenheiro da Terra.

Como ele deixou longe as renascenças do sr. dr. Ramos de
[Azevedo!
De que valem a Escola Normal o Théatre Municipal de
[l'Opéra
E o sinuoso edifício dos Correios-e-Telégrafos
Com aquele relógio-diadema made inexpressively?

Na Pauliceia desvairada das minhas sensações
O Sol é o sr. engenheiro oficial.

XXIII

De nada vale inteligência.
Tempo perdido odiar os que devia odiar.
Saudei-o muito sorrindo.
Amor cantou por minha continência...

Ele no entanto foi mesquinho.
Na Semana de Arte Moderna teve um
número de programa que quase ninguém viu:
"A REVELAÇÃO DOS TAMANDUÁS".

Saudei-o muito sorrindo...
E nem é influência do clima.
Está quente.
Vai chover.
Nuvens danadas.
E cansaço faz calor dentro de mim.

Saudei-o muito sorrindo...
Meu Deus, perdoai-me!
Creio bem que amo os homens por amor dos homens!
Não escreveria mais ODE AO BURGUÊS
Nem muitos outros versos de *Pauliceia desvairada*,
Tenho todo um mapa-múndi de estados-de-alma.
Pauliceia, passagem do equador...
Fazia frio no parnasianismo...
Ara! pra que voltar nas paisagens de dantes!

Dez quilômetros...
Quatro quilômetros...
Treze quilômetros...
O trem continua rápido.
Para em cada estação.
Me penteio no espelho.
– Você mudou bastante.
– Estou mais forte.
NO ENTANTO ERA UM DESCONHECIDO.
Desço.
Mas o sargento apita.
Aviso.
Torna a apitar.
Subo de novo.
Trem em marcha...

Onde irá dar a mobilização da vida!

XXXVIII

Manhã veraneja, manhã que dá sustância,
Toda lisa sem nuvens
                    sem cuidados
                              cansaços...
Adiante o morro sacode o ombro indiferente.

                Curiosidade de viver!

Cadência bem batida, regular.
Porém o sargento embirrou com o alinhamento das armas.
"– Alinhem essas armas, senhores!"

O sargento ignora a influência do sangue latino.
                                        Impaciência.
                                    Mocidade.
                                Verso-livre...
                            Alegria grita em mim.

                Curiosidade de viver!

"– Senhores, as armas!"
            ... e os barões assinalados
            Que da ocidental praia lusitana...

Marco a cadência com versos de Camões.

Ineses fugitivas nas janelas e portas.
Amo todas as moças brancaranas ou louras
E a manhã despenteando nos telhados seus cabelos fogaréu...

Curiosidade de viver!

Sargento Vitoriano,
Sapeque o seu jamegão latino
Nesta desalinhada Companhia brasileira!

CLÃ DO JABUTI

O poeta come amendoim (1924)

a Carlos Drummond de Andrade

Noites pesadas de cheiros e calores amontoados...
Foi o sol que por todo o sítio imenso do Brasil
Andou marcando de moreno os brasileiros.

Estou pensando nos tempos de antes de eu nascer...

A noite era pra descansar. As gargalhadas brancas dos
[mulatos...
Silêncio! O Imperador medita os seus versinhos.
Os Caramurus conspiram na sombra das mangueiras ovais.
Só o murmurejo dos cre'm-deus-padres irmanava os homens
[de meu país...
Duma feita os canhamboras perceberam que não tinha mais
[escravos,
Por causa disso muita virgem-do-rosário se perdeu...

Porém o desastre verdadeiro foi embonecar esta República
[temporã.
A gente inda não sabia se governar...
Progredir, progredimos um tiquinho
Que o progresso também é uma fatalidade...
Será o que Nosso Senhor quiser!...
Estou com desejos de desastres...
Com desejos do Amazonas e dos ventos muriçocas
Se encostando na canjerana dos batentes...
Tenho desejos de violas e solidões sem sentido
Tenho desejos de gemer e de morrer.

Brasil...
Mastigado na gostosura quente do amendoim...
Falado numa língua curumim
De palavras incertas num remelexo melado melancólico...
Saem lentas frescas trituradas pelos meus dentes bons...
Molham meus beiços que dão beijos alastrados
E depois remurmuram sem malícia as rezas bem nascidas...
Brasil amado não porque seja minha pátria,
Pátria é acaso de migrações e do pão-nosso onde Deus der...
Brasil que eu amo porque é o ritmo do meu braço aventuroso,
O gosto dos meus descansos,
O balanço das minhas cantigas amores e danças.
Brasil que eu sou porque é a minha expressão muito engraçada,
Porque é o meu sentimento pachorrento,
Porque é o meu jeito de ganhar dinheiro, de comer e de dormir.

Carnaval carioca
(1923)

a Manuel Bandeira

A fornalha estrala em mascarados cheiros silvos
Bulhas de cor bruta aos trambolhões,
Cetins sedas cassas fundidas no riso febril...
Brasil!
Rio de Janeiro!
Queimadas de verão!
E ao longe, do tição do Corcovado a fumarada das nuvens
[pelo céu.

Carnaval...
Minha frieza de paulista,
Policiamentos interiores,
Temores da exceção...
E o excesso goitacá pardo selvagem!
Cafrarias desabaladas
Ruínas de linhas puras
Um negro dois brancos três mulatos, despudores...

O animal desembesta aos botes pinotes desengonços
No heroísmo do prazer sem máscaras supremo natural.
Tremi de frio nos meus preconceitos eruditos
Ante o sangue ardendo povo chiba frêmito e clangor.
Risadas e danças
Batuques maxixes
Jeitos de micos piricicas
Ditos pesados, graça popular...
Ris? Todos riem...

O indivíduo é caixeiro de armarinho na Gamboa.
Cama de ferro curta por demais,
Espelho mentiroso de mascate
E no cabide roupas lustrosas demais...
Dança uma joça repinicada
De gestos pinchando ridículos no ar.
Corpo gordo que nem de matrona
Rebolando embolado nas saias baianas,
Braço de fora, pelanca pulando no espaço
E no decote cabeludo cascavéis saracoteando
Desritmando a forçura dos músculos viris.
Fantasiou-se de baiana,
                    A Baía é boa terra...
                                        Está feliz.

Entoa à toa a toada safada
E no escuro da boca banguela
O halo dos beiços de carmim.
Vibrações em redor.
Pinhos gargalhadas assobios
Mulatos remelexos e boduns.
Palmas. Pandeiros. – Aí, baiana!
                    Baiana do coração!
Serpentinas que saltam dos autos em monóculos curiosos,
Este cachorro espavorido,
Guarda-civil indiferente.
Fiscalizemos as piruetas...
Então só eu que vi?
Risos. Tudo aplaude. Tudo canta:
        – Aí, baiana faceira,
        Baiana do coração!
Ele tinha nos beiços sonoros beijando se rindo

Uma ruga esquecida uma ruga longínqua
Como esgar duma angústia indistinta ignorante...
Só eu pude gozá-la.
E talvez a cama de ferro curta por demais...

Carnaval...
A baiana se foi na religião do Carnaval
Como quem cumpre uma promessa.
Todos cumprem suas promessas de gozar.
Explodem roncos roucos trilos tchique-tchiques
E o falsete enguia esguia rabejando pelo aquário multicor.
Cordões de machos mulherizados,
Ingleses evadidos da pruderie,
Argentinos mascarando a admiração com desdéns superiores
Degrigolando em lenga-lenga de milonga,
Polacas de indiscutível índole nagô,
Yankees fantasiados de norte-americanos...
Coiozada emproada se aturdindo turtuveando
Entre os carnavalescos de verdade
Que pererecam pararacas em derengues meneios cantigas,
[chinfrim de gozar!

Tem outra raça ainda.
O mocinho vai fuçando o manacá naturalizado espanhola.
Ela se deixa bolinar na multidão compacta.
Por engano.

Quando aproximam dos polícias
Como ela é pura conversando com as amigas!
Pobre do moço olhando as fantasias dos outros,
Pobre do solitário com chapéu caicai nos olhos!
Naturalmente é um poeta...

Eu mesmo... Eu mesmo, Carnaval...
Eu te levava uns olhos novos
Pra serem lapidados em mil sensações bonitas,
Meus lábios murmurejando de comoção assustada
Haviam de ter puríssimo destino...
É que sou poeta
E na banalidade larga dos meus cantos
Fundir-se-ão de mãos dadas alegrias e tristuras, bens e males,
Todas as coisas finitas
Em rondas aladas sobrenaturais.

Ânsia heroica dos meus sentidos
Pra acordar o segredo de seres e coisas.
Eu colho nos dedos as rédeas que param o infrene das vidas,
Sou o compasso que une todos os compassos,
E com a magia dos meus versos
Criando ambientes longínquos e piedosos
Transporto em realidades superiores
A mesquinhez da realidade.
Eu bailo em poemas, multicolorido!
Palhaço! Mago! Louco! Juiz! Criancinha!
Sou dançarino brasileiro.
Sou dançarino e danço! E nos meus passos conscientes
Glorifico a verdade das coisas existentes
Fixando os ecos e as miragens.
Sou um tupi tangendo um alaúde
E a trágica mixórdia dos fenômenos terrestres
Eu celestizo em euritmias soberanas,
Ôh encantamento da Poesia imortal!...
Onde que andou minha missão de poeta, Carnaval?
Puxou-me a ventania,
Segundo círculo do Inferno,

Rajadas de confetes
hálitos diabólicos perfumes
Fazendo relar pelo corpo da gente
Semíramis Marília Helena Cleópatra e Francesca.
Milhares de Julietas!
Domitilas fantasiadas de cow-girls,
Isoldas de pijama bem francesas,
Alzacianas portuguesas holandesas...
Geografia!
Êh liberdade! Pagodeira grossa! É bom gozar!
Levou a breca o destino do poeta,
Barreei meus lábios com o carmim doce dos dela...
Teu amor provinha de desejos irritados,
Irritados como os morros do nascente nas primeiras horas da
[manhã.
Teu beijo era como o grito da araponga,
Me alumiava atordoava com o golpe estridente viril.
Teu abraço era como a noite dormida na rede
Que traz o dia de membros moles mornos de torpor.
Te possuindo eu me alimentei com o mel dos guarupus,
Mel ácido, mel que não sacia,
Mel que dá sede quando as fontes estão muitas léguas além,
Quando a soalheira é mais desoladora
E o corpo mais exausto.

Carnaval...
Porém nunca tive intenção de escrever sobre ti...
Morreu o poeta e um gramofone escravo
Arranhou discos de sensações...

I

Embaixo do Hotel Avenida em 1923
Na mais pujante civilização do Brasil
Os negros sambando em cadência.
Tão sublime, tão áfrica!
A mais moça bulcão polido ondulações lentas lentamente
Com as arrecadas chispando raios glaucos ouro na luz peluda
[de pó.
Só as ancas ventre dissolvendo-se em vaivéns de ondas em cio.
Termina se benzendo religiosa talqualmente num ritual.

E o bombo gargalhante de tostões
Sincopa a graça da danada.

II

Na capota franjada com xale chinês
Amor curumim abre as asas de ruim papelão.
Amor abandonou as setas sem prestígio
E se agarra na cinta fecunda da mãe.
Vênus Vitoriosa emerge de ondas crespas serpentinas,
De ondas encapeladas por mexicanos e marqueses cavalgando
[autos perseguidores.
– Quero ir pra casa, mamãe!

Amor com medo dos desejos...

III

O casal jovem rompendo a multidão.
O bando de mascarados de supetão em bofetadas de confetes
[na mulher.
– Olhe só a boquinha dela!
– Ria um pouco, beleza!
– Come do meu!
O marido esperou (com paciência) que a esposa se
[desvencilhasse do bando de máscaras
E lá foram rompendo a multidão.
Ela apertava femininamente contra o seio o braço protetor do
Esposo.
Do esposo recebido ante a imponência catedrática da Lei
E as bênçãos invisíveis – extraviadas? – do Senhor...

Meu Deus...
Onde que jazem tuas atrações?
Pra que lados de fora da Terra
Fugiu a paz das naves religiosas
E a calma boa de rezar ao pé da cruz?
Reboa o batuque.
São priscos risadas
São almas farristas

Aos pinchos e guinchos
Cambeteando na noite estival.
Pierrots-fêmeas em calções mais estreitos que as pernas,
Gambiarras iluminadas!
Oblatas de confetes no ar,
Incenso e mirra marca Rodo nacional
Açulam raivas de gozar.

O cabra enverga fraque de cetim verde no esqueleto.
Magro magro asceta de longos jejuns dificílimos.
Jantou gafanhotos.
E gesticula fala canta.
Prédicas de meu Senhor...
Será que vai enumerar teus pecados e anátemas justos?
A boca vai florir em bênçãos e perdões...
Porém de que lados de fora da Terra
Falam agora as tuas prédicas?
Quedê teus padres?
Quedê teus arcebispos purpurinos?
Quedele o tempo em que Felipe Neri
Sem fraque de cetim verde no esqueleto
Agarrava a contar as parábolas lindas
De que os padres não se lembram mais?
Por onde pregam os Sumés de meu Senhor?
Aqueles a quem deixaste a tua Escola
Fingem ignorar que gostamos de parábolas lindas,
E todos nos pusemos sapeando histórias de pecado
Porque não tinha mais histórias pra escutar...

Senhor! Deus bom, Deus grande sobre a terra e sobre o mar,
Grande sobre a alegria e o esquecimento humano,
Vem de novo em nosso rancho, Senhor!
Tu que inventaste as asas alvinhas dos anjos
E a figura batuta de Satanás;
Tu, tão humilde e imaginoso
Que permitiste Isis guampuda nos templos do Nilo,
Que indicaste a bandeira triunfal de Dionísio pros gregos
E empinaste Tupã sobre os Andes da América...

Aleluia!
Louvemos o Criador com os sons dos saxofones arrastados,
Louvemo-Lo com os salpicos dos xilofones nítidos!
Louvemos o Senhor com os riscos dos recorrecos e os
[estouros do tam-tam,
Louvemo-Lo com a instrumentarada crespa do jazz-band!
Louvemo-Lo com os violões de cordas de tripa e as
[cordeonas imigrantes,
Louvemo-Lo com as flautas dos choros mulatos e os
[cavaquinhos das serestas ambulantes!
Louvemos O que permanece através das festanças
[virtuosas e dos gozos ilegítimos!
Louvemo-Lo sempre e sobre tudo! Louvemo-Lo com
[todos os instrumentos e todos os ritmos!...

Vem de novo em nosso rancho, Senhor!
Descobrirei no colo dengoso da Serra do Mar
Um derrame no verde mais claro do vale,
Arrebanharei os cordões do carnaval
E pros carlitos marinheiros gigoletes e arlequins
Tu contarás de novo com tua voz que é ver o leite
Essas histórias passadas cheias de bons samaritanos,
Dessas histórias cotubas em que Madalena atapetava
[com os cabelos o teu chão...

... pacapacapacapão!... pacapão! pão! pão!...

Pão e circo!
Roma imperial se escarrapacha no anfiteatro da Avenida.
Os bandos passam coloridos,
Gesticulam virgens,
Semivirgens,

Virgens em todas as frações
Num desespero de gozar.

Homens soltos
Mulheres soltas
Mais duas virgens fuxicando o almofadinha
Maridos camaradas
Mães urbanas
Meninos
Meninas
Meninos
O de dois anos dormindo no colo da mãe...
– Não me aperte!
– Desculpe, Madama!
Falsetes em desarmonia
Coros luzes serpentinas serpentinas
Coriscos coros caras colos braços serpentinas serpentinas
Matusalém cirandas Breughel
– Diacho!
Sambas bumbos guizos serpentinas serpentinas...
E a multidão compacta se aglomera aglutina mastiga em
[aproveitamentos brincadeiras asfixias desejadas
[delírios sardinhas desmaios
Serpentinas serpentinas coros luzes sons
E sons!

YAYÁ, FRUTA-DO-CONDE, CASTANHA-DO-PARÁ!...

Yayá, fruta-do-conde,
Castanha-do-Pará!...

O préstito passando.
Bandos de clarins em cavalos fogosos.
Utiaritis aritis assoprando cornetas sagradas.
Fanfarras fanfarrãs
fenferrens
finfirrins...
Forrobodó de cuia!
Vitória sobre a civilização! Que civilização?... É Baco!

É Baco num carro feito de ouro e de mulheres
E dez parelhas de bestas imorais.
Tudo aplaude guinchos berros,
E sobre o Etna de loucuras e pólvoras
Os Tenentes do Diabo.
Alegorias, críticas, paródias
Palácios bestas do fundo do mar,
Os aluguéis se elevam...
Os senhorios exigentes...
Cães! infames! malditos!...

...Eu enxerguei com estes meus olhos que inda a terra
[há-de comer
Anteontem as duas mulheres se fantasiando de lágrimas.
A mais nova amamentava o esqueletinho.
Quatro barrigudinhos sem infância,
Os trastes sem conchego
No lar-de-todos da rua...
O solzão ajudava a apoteose
Com o despejo das cores e calores...

Segue o préstito numa via-látea de esplendores.
Presa num palanquim de ônix e pórfiro...

Ôta, morena boa!
Os olhos dela têm o verde das florestas,
Todo um Brasil de escravos-banzo sensualismos,
Índios nus balanceando na terra das tabas,
Cauim curare caxiri
Cajás... Ariticuns... Pele de sol!
Minha vontade por você serpentinando...

O préstito se vai.

Os Blocos se amontoam me afastando de você...
Passa o Flor de Abacate,
Passa o Miséria e Fome, o Ameno Resedá...
O préstito se vai...

Você também se foi rindo pros outros,
Senhora dona ingrata
Coberta de ouro e prata...

Esfuzios de risos...
                                        Arrancos de metais...
O schlschlsch monótono das serpentinas...

Monótono das serpentinas...

E a surpresa do fim: fadiga de gozar...

Claros em torno da gente.
Bolas de fitas de papel rolando pelo chão.
Manchas de asfalto.
Os corpos adquirem de novo as sombras deles.
Tem lugares no bar.

As árvores pousam de novo no chão graciosas ordenadas,
Os palácios começam de novo subindo no céu...

Quatro horas da manhã.
Nos clubes nas cavernas
Inda se ondula vagamente no maxixe.
Os corpos se unem mais.
Tem cinzas na escureza indecisa da arraiada.
Já é quarta-feira no Passeio Público.
Numa sanha final
Os varredores carnavalizam as brisas da manhã
Com poeiras perfumadas e cromáticas.
Peri triste sentou na beira da calçada.
O carro-chefe dos Democráticos
Sem a falação do estandarte
Sem vida, sem mulheres
Senil buscando o barracão.
Democraticamente...

Aurora... Tchim! Um farfalhar de plumas áureas no ar.
E as montanhas que nem tribos de guaianás em rapinas de luz
Com seus cocares de penas de tucano.

O poeta se debruça no parapeito de granito.
A rodelinha de confete cai do chapéu dele,
Vai saracotear ainda no samba mole das ondas.

Então o poeta vai deitar.

Lentamente se acalma no país das lembranças
A invasão furiosa das sensações.
O poeta sente-se mais seu.

E puro agora pelo contato de si mesmo
Descansa o rosto sobre a mão que escreverá.

Lhe embala o sono
A barulhada matinal de Guanabara...
Sinos buzinas clácsons campainhas
Apitos de oficinas
Motores bondes pregões no ar,
Carroças na rua transatlânticos no mar...
É a cantiga-de-berço.
E o poeta dorme.

O poeta dorme sem necessidade de sonhar.

Rondó pra você

De você, Rosa, eu não queria
Receber somente esse abraço
Tão devagar que você me dá,
Nem gozar somente esse beijo
Tão molhado que você me dá...
Eu não queria só porque
Por tudo quanto você me fala,
Já reparei que no seu peito
Soluça o coração bem feito
        De você.

Pois então eu imaginei
Que junto com esse corpo magro,
Moreninho que você me dá,
Com a boniteza, a faceirice,
A risada que você me dá,
E me enrabicham como o quê,
Bem que eu podia possuir também
O que mora atrás do seu rosto, Rosa,
O pensamento, a alma, o desgosto
        De você.

Sambinha

Vêm duas costureirinhas pela rua das Palmeiras.
Afobadas, braços dados, depressinha,
Bonitas, Senhor! que até dão vontade pros homens da rua.
As costureirinhas vão explorando perigos...
Vestido é de seda.
Roupa-branca é de morim.

Falando conversas fiadas
As duas costureirinhas passam por mim.
– Você vai?
                    – Não vou não!
Parece que a rua parou pra escutá-las.
Nem os trilhos sapecas
Jogam mais bondes um pro outro.
E o sol da tardinha de abril
Espia entre as pálpebras crespas de duas nuvens.
As nuvens são vermelhas.
A tardinha é cor-de-rosa.

Fiquei querendo bem aquelas duas costureirinhas...
Fizeram-me peito batendo
Tão bonitas, tão modernas, tão brasileiras!
Isto é...
Uma era ítalo-brasileira.
Outra era áfrico-brasileira.
Uma era branca.
Outra era preta.

Noturno de Belo Horizonte (1924)

a Elísio de Carvalho

Maravilha de milhares de brilhos vidrilhos,
Calma do noturno de Belo Horizonte...
O silêncio fresco desfolha das árvores
E orvalha o jardim só.
Larguezas.
Enormes coágulos de sombra.
O polícia entre rosas...
        Onde não é preciso, como sempre...
Há uma ausência de crimes
Na jovialidade infantil do friozinho.
Ninguém.
O monstro desapareceu.
Só as árvores do mato-virgem
Pendurando a tapeçaria das ramagens
Nos braços cabindas da noite.

Que luta pavorosa entre floresta e casas...
Todas as idades humanas
Macaqueadas por arquiteturas históricas
Torres torreões torrinhas e tolices
Brigaram em nome da?
Os mineiros secundam em coro:
– Em nome da civilização!
Minas progride.
Também quer ter também capital moderníssima também...
Pórticos gregos do Instituto de Rádio
Onde jamais Empédocles entrará...

O Conselho Deliberativo é manuelino,
Salão sapiente de Manuéis-da-hora...
Arcos românicos de São José
E a catedral que pretende ser gótica...
Pois tanto esquecimento da verdade!
A terra se insurgiu.

O mato invadiu o gradeado das ruas,
Bondes sopesados por troncos hercúleos,
Incêndio de Cafés,
Setas inflamadas,
Comboio de trânsfugas pro Rio de Janeiro,
A ramaria crequenta cegando as janelas
Com a poeira dura das folhagens...
Aquele homem fugiu.
A imitação fugiu.
Clareiras do Brasil, praças agrestes!...
Paz.

O mato vitorioso acampou nas ladeiras.
Suor de resinas opulentas.
Grupos de automóveis:
Baitacas e jandaias do rosal.
E o noturno apagando na sombra o artifício e o defeito
Adormece em Belo Horizonte
Como um sonho mineiro.
Tem festas do Tejuco pelo céu!
As estrelas baralham-se num estardalhaço de luzes.
O sr. barão das Catas-Altas
Reúne todas as constelações
Pra fundir uma baixela de mundos...
Bulício de multidões matizadas...

Emboabas, carijós, espanhóis de Felipe IV...
Tem baianos redondos...
Dom Rodrigo de Castel Branco partirá!...
Lumeiro festival... Gritos... Tocheiros...
O Triunfo Eucarístico abala chispeando...
Os planetas comparecem em pessoa!
Só as magnólias – que banzo dolorido! –
As carapinhas fofas polvilhadas
Com a prata da Via-Látea
Seguem pra igreja do Rosário
E pro jongo de Chico-Rei...

Estrelas árvores estrelas
E o silêncio fresco da noite deserta.
Belo Horizonte desapareceu
Transfigurada nas recordações.

... Minas Gerais, fruta paulista...
Ouvi que tem minas ocultas por cá...
Mas ninguém mais conhece Marcos de Azevedo,
Quedê os roteiros de Robério Dias?
                    Prata
            Diamantes cascateantes
Esmeraldas esmeraldas esperanças!...

Não são esmeraldas, são turmalinas, bem se vê:

A casinha de taipa a beira-rio.
Canoa abicada na margem,
A bruma das monções,
Mais nada.
Os galhos lavam matinalmente os cabelos

Na água barrenta indiferente.
As ondas sozinhas do Paraíba
Morrem avermelhadas mornas cor-de-febre.
E a febre...

Não sejamos muito exigentes.
Todos os países do mundo
Tem os seus Guaicuis emboscados
No sossego das ribanceiras dolentes.
As carneiradas ficavam pra trás...
O trem passava apavorado.
Só parou muito longe na estação
Pra que os romeiros saudassem
Nosso Senhor da Boa-Viagem.

Ele ficava imóvel na beira dos trilhos
Amarrado à cegueira.
Trazia só os molambos necessários
Como convém aos santos e
Aos avarentos.
Porém o netinho corria junto das janelas dos vagões
Com o chapéu do cego na mão.
Quando a esmola caía – com que triunfo! – o menino gritava:
– Pronto! Mais uma!
Então lá do seu mundo
Nosso Senhor abençoava:
– Boa viagem.

Examina a carne do teu corpo.
Apesar da perfeição das estradas-de-ferro
E da inflexível providência dos horários,
Encontros descarrilamentos mortes...

Pode ser!...
As esmolas tombavam.
– Pronto! Mais uma!
– Boa viagem.

Minas Gerais de assombros e anedotas...
Os mineiros pintam diariamente o céu de azul
Com os pincéis das macaúbas folhudas.
Olhe a cascata lá!
Súbita bombarda.
Talvez folha de arbusto,
Ninho de tenеném que cai pesado,
Talvez o trem, talvez ninguém...
As águas se assustaram
E o estouro dos rios começou.

Vão soltos pinchando rabanadas pelos ares,
Salta aqui salta corre viravolta pingo grito
Espumas brancas alvas
Fluem bolhas bolas,
Itoupavas altas...
Borbulham bulhando em murmúrios churriantes
Nas bolsas brandas largas das enseadas lânguidas...
De supetão fosso.
Mergulho.
Uivam tombando.
Desgarram serra abaixo.
Rio das Mortes
Paraopeba
Paraibuna,
Mamotes brancos...
E o Araçuí de Fernão Dias...

Barafustam vargens fora
Até acalmarem muito longe exânimes
Nas polidas lagoas de cabeça pra baixo.

Rio São Francisco o marrueiro dos matos
Partiu levando o rebanho pro norte
Ao aboio das águas lentamente.
A barcaça que ruma pra Juazeiro
Desce ritmada pelos golpes dos remeiros.
Na proa, o olhar distante a olhar,
Matraca o dançador:

> "Meu pangaré arreado,
> Minha garrucha laporte,
> Encostado no meu bem
> Não tenho medo da morte.
> Ah!..."

Um grande Ah!... aberto e pesado de espanto
Varre Minas Gerais por toda a parte...
Um silêncio repleto de silêncio
Nas invernadas, nos araxás,
No marasmo das cidades paradas...
Passado a fuxicar as almas,
Fantasmas de altares, de naves douradas
E dos palácios de Mariana e Vila Rica...
Isto é: Ouro Preto.
E o nome lindo de São José d'El Rei mudado num
[odontológico Tiradentes...
Respeitemos os mártires.

Calma do noturno de Belo Horizonte...
As estrelas acordadas enchem de Ahs!... ecoantes o ar.
O silêncio fresco despenca das árvores.
Veio de longe, das planícies altas,
Dos cerrados onde o guaxe passa rápido...
Vvvvvvv... passou.
Passou tal qual o fausto das paragens de ouro velho...
Minas Gerais, fruta paulista...
Fruta que apodreceu.

Frutificou mineira! Taratá!
Há também colheitas sinceras!
Milharais canaviais cafezais insistentes
Trepadeirando morro acima.
Mas que chãos sovinas como o mineiro-zebu!
Dizem que os baetas são agarrados...
Não percebi, graças a Deus!
Na fazenda do Barreiro recebem opulentamente.
Os pratos nativos são índices de nacionalidade.
Mas no Grande Hotel de Belo Horizonte servem à francesa.
Et bien! Je vous demande un toutou!
Venha a batata-doce e o torresmo fondant!
Carne-de-porco não!
O médico russo afirma que na carne-de-porco andam
[micróbios de loucura...
Basta o meu desvairismo!
E os pileques
quase pileques
salamaleques
da caninha de manga!...

Taratá! Quero a couve mineira!
Minas progride!
Mãos esqueléticas de máquinas britando minérios,
As estradas-de-ferro estradas-de-rodagem
Serpenteiam teosoficamente fecundando o deserto...

Afinal Belo Horizonte é uma tolice como as outras.
São Paulo não é a única cidade arlequinal.
E há vida há gente, nosso povo tostado.
O secretário da Agricultura é novo!
Fábricas de calçados
Escola de Minas no palácio dos Governadores,
Na Casa dos Contos não tem mais poetas encarcerados,
Campo de futebol em Carmo da Mata,
Divinópolis possui o melhor chuveiro do mundo,
As cunhãs não usam mais pó de ouro nos cabelos,
Os choferes avançam no bolso dos viajantes,
Teatro grego em São João d'El Rei
Onde jamais Eurípedes será representado...
Ninguém mais para nas pontes, Critilo,
Novidadeirando sobre damas casadas.
Tenho pressa! Ganhemos o dia!
Progresso! Civilização!
As plantações pendem maduras.
    O morfético ao lado da estrada esperando automóveis...
Cheiro fecundo de vacas,
Pedreiras feridas,
Eletricidade submissa...
Minas Gerais sáxea e atualista
Não resumida às estações-termais!
Gentes do Triângulo Mineiro, Juiz de Fora!
Força das xiriricas das florestas e cerrados!
Minas Gerais, fruta paulista!...

Alegria da noite de Belo Horizonte!
Há uma ausência de males
Na jovialidade infantil do friozinho.
Silêncio brincalhão salta das árvores,
Entra nas casas desce as ruas paradas
E se engrossa agressivo na praça do Mercado.
Vento florido roda pelos trilhos.
Vem de longe, das grotas pré-históricas...
Descendo as montanhas
Fugiu dos despenhadeiros assombrados do Rola-Moça...

Estremeção brusco de medo.
Pavor.
Folhas chorosas de eucaliptos.
Sino bate.
Ninguém.
A solidão angustiosa dos píncaros...
A paz chucra, ressabiada, das gargantas da montanha...

A serra do Rola-Moça
Não tinha esse nome não...
Eles eram do outro lado,
Vieram na vila casar.
E atravessaram a serra,
O noivo com a noiva dele
Cada qual no seu cavalo.

Antes que chegasse a noite
Se lembraram de voltar.
Disseram adeus pra todos
E se puseram de novo

Pelos atalhos da serra
Cada qual no seu cavalo.

Os dois estavam felizes,
Na altura tudo era paz.
Pelos caminhos estreitos
Ele na frente ela atrás.
E riam. Como eles riam!
Riam até sem razão.

A serra do Rola-Moça
Não tinha esse nome não.

As tribos rubras da tarde
Rapidamente fugiam
E apressadas se escondiam
Lá embaixo nos socavões
Temendo a noite que vinha.

Porém os dois continuavam
Cada qual no seu cavalo,
E riam. Como eles riam!
E os risos também casavam
Com as risadas dos cascalhos
Que pulando levianinhos
Da vereda se soltavam
Buscando o despenhadeiro.

Ah, Fortuna inviolável!
O casco pisara em falso.
Dão noiva e cavalo um salto
Precipitados no abismo.

Nem o baque se escutou.
Faz um silêncio de morte.
Na altura tudo era paz...
Chicoteando o seu cavalo,
No vão do despenhadeiro
O noivo se despenhou.

E a serra do Rola-Moça
Rola-Moça se chamou.

Eu queria contar as histórias de Minas
Aos brasileiros do Brasil...

Filhos do Luso e da melancolia,
Vem, gente de Alagoas e de Mato Grosso,
De norte e sul homens fluviais do Amazonas e do rio Paraná...
E os fluminenses salinos
E os guascas e os paraenses e os pernambucanos
E os vaqueiros de couro das caatingas
E os goianos governados por meu avô...
Teutos de Santa Catarina,
Retirantes de língua seca,
Maranhenses paraibanos e do Rio Grande do Norte e do
[Espírito Santo
E do Acre, irmão caçula,
Toda a minha raça morena!
Vem, gente! vem ver o noturno de Belo Horizonte!
Sejam comedores de pimenta
Ou de carne requentada no dorso dos pigarços petiços,
Vem, minha gente!
Bebedores de guaraná e de açaí,
Chupadores do chimarrão,

Pinguços cantantes, cafezistas ricaços,
Mamíferos amamentados pelos cocos de Pindorama,
Vem, minha gente, que tem festas do Tejuco pelo céu!
Bárbara Heliodora desgrenhada louca
Dizendo versos desce a rua do Pará...
Quem conhece as ingratidões de Marília?
Juro que foi Nosso Senhor Jesus Cristo Ele mesmo
Que plantou a sua cruz no adro das capelas da serra!
Foi Ele mesmo que em São João d'El Rei
Esculpiu as imagens dos seus santos...
E há histórias também pros que duvidam de Deus...

O coronel Antônio de Oliveira Leitão era casado com dona Branca Ribeiro do Alvarenga, ambos de orgulhosa nobreza vicentina. Porém nas tardes de Vila Rica a filha deles abanava o lenço no quintal... – "Deve ser a algum plebeu, que não há moços nobres na cidade..." E o descendente de cavaleiros e capitães-mores não quer saber de mésalliances. O coronel Antônio de Oliveira Leitão esfaqueou a filha. Levaram-no preso à Baía onde foi decapitado. Pois dona Branca Ribeiro do Alvarenga reuniu todos os cabedais. Mandou construir com eles uma igreja para que Deus perdoasse as almas pecadoras do marido e da filha.

Meus brasileiros lindamente misturados,
Se vocês vierem nessa igreja dos Perdões
Rezem três ave-marias ajoelhadas
Pros dois desinfelizes.
Creio que a moça não carece muito delas
Mas ninguém sabe onde estará o coronel...
Credo!

Mas não há nada como histórias pra reunir na mesma casa...
Na Arábia por saber contar histórias
Ũa mulher se salvou...
A Espanha estilhaçou-se numa poeira de nações americanas
Mas sobre o tronco sonoro da língua do ão
Portugal reuniu 22 orquídeas desiguais.
Nós somos na Terra o grande milagre do amor!

Que vergonha se representássemos apenas contingência
[de defesa
Ou mesmo ligação circunscrita de amor...
Porém as raças são verdades essenciais
E um elemento de riqueza humana.
As pátrias têm de ser uma expressão de Humanidade.

Separadas na guerra ou na paz são bem pobres
Bem mesquinhos exemplos de alma
Mas compreendidas juntas num amor consciente e exato
Quanta história mineira pra contar!

Não prego a guerra nem a paz, eu peço amor!
Eu peço amor em todos os seus beijos,
Beijos de ódio, de cópula ou de fraternidade.
Não prego a paz universal e eterna, Deus me livre!
Eu sempre contei com a imbecilidade vaidosa dos homens
E não me agradam os idealistas.
E temo que uma paz obrigatória
Nos fizesse esquecer o amor
Porque mesmo falando de relações de povo e povo
o amor não é uma paz
E é por amor que Deus nos deu a vida...
O amor não é uma paz, bem mais bonito que ela,
Porque é um completamento!...

Nós somos na Terra o grande milagre do amor!
E embora tão diversa a nossa vida
Dançamos juntos no carnaval das gentes,
Bloco pachola do "Custa mas vai!"

E abre alas que Eu quero passar!
Nós somos os brasileiros auriverdes!
As esmeraldas das araras
Os rubis dos colibris
Os abacaxis as mangas os cajus
Atravessam amorosamente
A fremente celebração do Universal!

Que importa uns falem mole descansado
Que os cariocas arranhem os erres na garganta
Que os capixabas e paroaras escancarem as vogais?
Que tem se o quinhentos réis meridional
Vira cinco tostões do Rio pro Norte?
Juntos formamos este assombro de misérias e grandezas,
Brasil, nome de vegetal!...

O bloco fantasiado de histórias mineiras
Move-se na avenida de seis renques de árvores...
O sol explode em fogaréus...
O dia é frio sem nuvens, de brilhos vidrilhos...
Não é dia! Não tem sol explodindo no céu!
É o delírio noturno de Belo Horizonte...
Não nos esqueçamos da cor local:
Itacolomi... *Diário de Minas*... Bondes do Calafate...
E o silêncio... sio... sio... quiriri...

Os seres e as coisas se aplainam no sono.
Três horas.
A cidade oblíqua
Depois de dançar os trabalhos do dia
Faz muito que dormiu.

Seu corpo respira de leve o aclive vagarento das ladeiras.
De longe em longe gritam solitários brilhos falsos
Perfurando o sombral das figueiras:
Berenguendens berloques ouropéis de Oropa consagrada
Que o goianá trocou pelas pepitas de ouro fino.
Dorme Belo Horizonte.
Seu corpo respira de leve o aclive vagarento das ladeiras...
Não se escuta sequer o ruído das estrelas caminhando...
Mas os poros abertos da cidade
Aspiram com sensualidade com delícia
O ar da terra elevada.
Ar arejado batido nas pedras dos morros,
Varado através da água trançada das cachoeiras,
Ar que brota nas fontes com as águas
Por toda a parte de Minas Gerais.

Tostão de chuva

Quem é Antônio Jerônimo? É o sitiante
Que mora no Fundão
Numa biboca pobre. É pobre. Dantes
Inda a coisa ia indo e ele possuía
Um cavalo cardão.
Mas a seca batera no roçado...
Vai, Antônio Jerônimo um belo dia
Só por debique de desabusado
Falou assim: "Pois que nosso padim
Pade Ciço que é milagreiro, contam,
Me mande um tostão de chuva pra mim!"
Pois então nosso "padim" padre Cícero
Coçou a barba, matutando e disse:
"Pros outros mando muita chuva não,
Só dois vinténs. Mas pra Antônio Jerônimo
Vou mandar um tostão".
No outro dia veio uma chuva boa
Que foi uma festa pros nossos homens
E o milho agradeceu bem. Porém
No Fundão veio uma trovoada enorme
Que num átimo virou tudo em lagoa
E matou o cavalo de Antônio Jerônimo.
Matou o cavalo.

Paisagem nº 5

De-dia um solzão de matar taperá
Passeou na cidade o fogo de Deus.
Os paulistas andaram que nem caçaremas tontas
Daqui pra ali buscando as sombras de mentira.
Mas agorinha mesmo deram as vinte horas.
De já-hoje quando a noite agarrou empurrando a luz
[quente pra trás do horizonte
Brisou uma friagem de inverno refrescando os pracianos
[e a cidade rica.
As famílias pararam de suar.
Janelas abertas e portas abertas em todas as casas.
Se boia, se conversa descansado.
Nas varandas portas terraços escuros
Acende apagam os vaga-lumes dos cigarros.

Todas as bulhas se ajuntam num riso feliz.

Faz gosto a gente andar assim à toa
Reparando na calma da sua cidade natal.

I Descobrimento

Abancado à escrivaninha em São Paulo
Na minha casa da rua Lopes Chaves
De supetão senti um friúme por dentro.
Fiquei trêmulo, muito comovido
Com o livro palerma olhando pra mim.

Não vê que me lembrei que lá no norte, meu Deus! muito
[longe de mim,
Na escuridão ativa da noite que caiu,
Um homem pálido, magro, de cabelo escorrendo nos olhos,
Depois de fazer uma pele com a borracha do dia,
Faz pouco se deitou, está dormindo.

Esse homem é brasileiro que nem eu...

REMATE DE MALES

Eu sou trezentos...

7 de junho de 1929

Eu sou trezentos, sou trezentos-e-cinquenta,
As sensações renascem de si mesmas sem repouso,
Ôh espelhos, ôh Pireneus! ôh caiçaras!
Se um deus morrer, irei no Piauí buscar outro!

Abraço no meu leito as melhores palavras,
E os suspiros que dou são violinos alheios;
Eu piso a terra como quem descobre a furto
Nas esquinas, nos táxis, nas camarinhas seus próprios beijos!

Eu sou trezentos, sou trezentos-e-cinquenta,
Mas um dia afinal me encontrarei comigo...
Tenhamos paciência, andorinhas curtas,
Só o esquecimento é que condensa,
E então minha alma servirá de abrigo.

III
Cantiga do ai

Ai, eu padeço de penas de amor,
Meu peito está cheio de luz e de dor!

Ai, uma ingrata tão fria me olhou,
Que vou-me daqui sem saber pra onde vou!

Eu cheirei um dia um aroma de flor
E vai, fiquei doendo de penas de amor!

Foi minha ingrata que por mim passou!
Ai, gentes! eu parto! não sei pra onde vou!

Ai, malvada ingrata que escolhi bem!
Eu sofro e não posso queixar de ninguém!

Sofro mas me orgulho de meu sofrer,
É linda a malvada que fui escolher!

Tem a mansidão dos portos de mar
Mas porém é arisca que nem pomba-do-ar!

Ela é quieta e clara, ela é rosicler,
É a boca-da-noite virada mulher!

Ai, unhas de vidro para me encantar!
Ai, olhos riscados pra não me enxergar!

Ai, peito liso, boca de carmim!
Ingrata malvada que não pensa em mim!

Ai, pena tamanha que me quebrou!
Adeus! vou-me embora! não sei pra onde vou!

Lastimem o poeta que vai partir,
Ôh amantes se amando no imenso Brasil!...

V
Eco e o descorajado

Neste lugar solitário
Onde nem canta o sem-fim,
Choro. E um eco me responde
Ao choro que choro em vão.
Eco, responda bem certo,
Meus amigos me amarão?...
    E o eco me responde: – Sim.

Pois então, eco bondoso,
Você que sabe a razão
Porque deixando o tumulto
De Pauliceia, aqui vim:
Eco, responda bem certo,
Maria gosta de mim?...
    E o eco me responde: – Não!

Antes morrer... Eu me sinto
Tão vazio com este amor...
Não aguento mais meu peito!
Morrer! seja como for!
Eco, responda bem certo,
Morrerei hoje, amanhã?...
    E o eco me responde: – Nhãam...

Momento

Novembro de 1925

Ninguém ignora a inquietação do clima paulistano...
Pois tivemos hoje uma arraiada fresca de neblina.

Depois do calorão duma noite maldita, sem sono,
Uma neblina leviana desprendeu das nuvens lisas
E pousou um momentinho sobre o corpo da cidade.
Ôh como era boa, e o carinho que teve pousando!
Não espantou, não bateu asa, não fez nenhuma bulha,
Veio, que nem beijo de minha mãe se estou enfezado
Vem mansinho, sem medo de mim, e pousa em minha testa.
Assim neblina fez, e o sopro dela acalmou as penas
Desta cidade histórica, desta cidade completa,
Cheia de passado e presente, berço nobre onde nasci.
Os beijos de minha mãe são tal-e-qual a neblina madruga...
Meu pensamento é tal-e-qual São Paulo, é histórico e completo,
É presente e passado e dele nasce meu ser verdadeiro...
Vem, neblina, vem! Beija-me, sossega-me o meu pensamento!

III

Agora é abril, ôh minha doce amiga,
Te reclinaste sobre mim, como a verdade,
Fui virar, fundeei o rosto no teu corpo.

Nos dominamos pondo tudo no lugar.
O céu voltou a ser por sobre a terra,
As laranjeiras ergueram-se todas de-pé
E nelas fizemos cantar um primeiro sabiá.

Mas a paisagem logo foi-se embora
Batendo a porta, escandalizadíssima.

A COSTELA DO GRÃ CÃO

❀ Mãe ❀

1926

Existirem mães,
Isso é um caso sério.
Afirmam que a mãe
Atrapalha tudo,
É fato, ela prende
Os erros da gente,
E era bem melhor
Não existir mãe.

Mas em todo caso
Quando a vida está
Mais dura, mais vida,
Ninguém como a mãe
Pra aguentar a gente
Escondendo a cara
Entre os joelhos dela.
– O que você tem?...
Ela bem que sabe
Porém a pergunta
É pra disfarçar.
Você mente muito,
Ela faz que aceita,
E a desgraça vira
Mistério pra dois.
Não vê que uma amante
Nem outra mulher
Entende a verdade
Que a gente confessa

Por trás das mentiras!
Só mesmo uma mãe...
Só mesmo essa dona
Que a-pesar-de ter
A cara raivosa
Do filho entre os seios,
Marcando-lhe a carne,
Sentindo-lhe os cheiros,
Permanece virgem,
E o filho também...
Ôh virgens, perdei-vos,
Pra terdes direito
A essa virgindade
Que só as mães têm!

LUNDU DO ESCRITOR DIFÍCIL

1928

Eu sou um escritor difícil
Que a muita gente enquizila,
Porém essa culpa é fácil
De se acabar duma vez:
É só tirar a cortina
Que entra luz nesta escurez.

Cortina de brim caipora,
Com teia caranguejeira
E enfeite ruim de caipira,
Fale fala brasileira
Que você enxerga bonito
Tanta luz nesta capoeira
Tal-e-qual numa gupiara.

Misturo tudo num saco,
Mas gaúcho maranhense
Que para no Mato Grosso,
Bate este angu de caroço
Ver sopa de caruru;
A vida é mesmo um buraco,
Bobo é quem não é tatu!

Eu sou um escritor difícil,
Porém culpa de quem é!...
Todo difícil é fácil,
Abasta a gente saber.
Bagé, pixé, chué, ôh "xavié",

De tão fácil virou fóssil,
O difícil é aprender!

Virtude de urubutinga
De enxergar tudo de longe!
Não carece vestir tanga
Pra penetrar meu *cassange*!
Você sabe o francês "*singe*"
Mas não sabe o que é guariba?
– Pois é macaco, seu mano,
Que só sabe o que é da estranja.

Quarenta anos

27 de dezembro de 1933

A vida é para mim, está se vendo,
Uma felicidade sem repouso;
Eu nem sei mais se gozo, pois que o gozo
Só pode ser medido em se sofrendo.

Bem sei que tudo é engano, mas sabendo
Disso, persisto em me enganar... Eu ouso
Dizer que a vida foi o bem precioso
Que eu adorei. Foi meu pecado... Horrendo

Seria, agora que a velhice avança,
Que me sinto completo e além da sorte,
Me agarrar a esta vida fementida.

Vou fazer do meu fim minha esperança,
Oh sono, vem!... Que eu quero amar a morte
Com o mesmo engano com que amei a vida.

❋ Momento ❋

Abril de 1937

O vento corta os seres pelo meio.
Só um desejo de nitidez ampara o mundo...
Faz sol. Fez chuva. E a ventania
Esparrama os trombones das nuvens no azul.

Ninguém chega a ser um nesta cidade,
As pombas se agarram nos arranha-céus, faz chuva.
Faz frio. E faz angústia... É este vento violento
Que arrebenta dos grotões da terra humana
Exigindo céu, paz e alguma primavera.

As cantadas

Rio, 20 de setembro de 1938

Terras bruscas, céus maduros,
Apalpam curvas os autos,
Ai, Guanabara,
Serão desejos incautos,
Ancas pandas, seios duros...
Senti as curvas dos autos
Nas praias de Guanabara.

Penetro as fendas dos morros,
Desafogos de amor, jorros
De sensualidades quentes,
Ai, ares de Guanabara,
Sou jogado em praias largas,
Coxas satisfeitas feitas
De ondas amargas.

Não posso mais... Nunca ousara
Pensar cajás, explosões
De melões,
Mulatas, uvas pisadas,
Ai, Guanabara,
Tuas noites fatigadas...
Me derramo todo em sucos
Malucos de ilhas Molucas.

Manhã. Brisas intranquilas
De volúpias mal ousadas
Passam por ti,

Num gosto naval de adeuses...
Há deusas...
Há Vênus, há Domitilas
Fazendo guanabaradas
Por aí...

Mas as palmeiras resistem.
Na deformação dos raios,
Templos, gentes, esperanças
Em desmaios
E transposições de níveis...
Só as palmeiras resistem
Como consciências incríveis!

As noites não são bem noites,
As músicas são cansaços,
Açoites
De convites, bocas, mar,
Ai, ares de Guanabara,
Vou suspirar...

Meus olhos, minhas sevícias,
Minha alma sem resistências,
A Guanabara te entregas
Sem Deus, sem teorias poéticas...
Os aviões saltam dos trilhos,
Perfuram morros, ardências,
Delícias, vícios, notícias...

Aiái, Guanabara!
Que todo me desfaleço
Por cento e dez avenidas,

Pela mulher de em seguida,
Por teus cheiros, por teus sais,
Pelos aquedutos, pelos
Morros de crespos camelos
E elefantes triunfais!

Eu não sei se mais gozara,
Iaiá, Sereia do Mar,
Se achara n'alma outra clara
Glória rara sol luar
Aurora uiara
Niágara realeza
Suprema, eterna surpresa,
Guanabara!...

O CARRO DA MISÉRIA

XIII

Enquanto o mundo for mundo
Enquanto o sal for compra-e-venda
Enquanto a vida vier com injeção de éter
Enquanto o poeta tiver
Vetiver cabeça tronco e membro
Os milagres farão chuvas de astros nos sonhos
O amor há-de ser tudo e a carícia dos pratos
Além de alimentar despertará prazer...

Chorar é bom, rir bim, raivar é bão pão pão
Mas im miu páito as núvoas dus absentos
Não puderão tir mais dulçuras de mulatras
Nem o soave gimir das brises no caqueiral.

Torpe é a cidade. Um desejo sombrio de estupro
Um desejo de destruir tudo num grito
Num grito não num gruto
E dar um beijo em cada mão de quem trabalha...

E se o Fulano for maneta?
Ora brinque-se senhor adevogado
Diga adeus e vá pro Diabo que o carregue
Que eu também já vou saindo
Pro galo poder cantar.

XIV

Vou-me embora vou-me embora
Vou-me embora pra Belém
Vou colher cravos e rosas
Volto a semana que vem

Vou-me embora paz da terra
Paz da terra repartida
Uns têm terra muita terra
Outros nem pra uma dormida

Não tenho onde cair morto
Fiz gorar a inteligência
Vou reentrar no meu povo
Reprincipiar minha ciência

Vou-me embora vou-me embora
Volto a semana que vem
Quando eu voltar minha terra
Será dela ou de ninguém.

LIRA PAULISTANA

Garoa do meu São Paulo,
– Timbre triste de martírios –
Um negro vem vindo, é branco!
Só bem perto fica negro,
Passa e torna a ficar branco.

Meu São Paulo da garoa,
– Londres das neblinas finas –
Um pobre vem vindo, é rico!
Só bem perto fica pobre,
Passa e torna a ficar rico.

Garoa do meu São Paulo,
– Costureira de malditos –
Vem um rico, vem um branco,
São sempre brancos e ricos...

Garoa, sai dos meus olhos.

O bonde abre a viagem,
No banco ninguém,
Estou só, stou sem.

Depois sobe um homem,
No banco sentou,
Companheiro vou.

O bonde está cheio,
De novo porém
Não sou mais ninguém.

A catedral de São Paulo
Por Deus! que nunca se acaba
– Como minha alma.

É uma catedral horrível
Feita de pedras bonitas
– Como minha alma.

A catedral de São Paulo
Nasceu da necessidade.
– Como minha alma.

Sacro e profano edifício,
Tem pedras novas e antigas
– Como minha alma.

Um dia há-de se acabar,
Mas depois se destruirá
– Como o meu corpo.

E a alma, memória triste,
Por sobre os homens arisca,
Sem porto.

...os que esperam, os que perdem
o motivo, os que emudecem,
os que ignoram, os que ocultam
a dor, os que desfalecem,

os que continuam, os
que duvidam... Coração,
Afirma, afirma e te abrasa
Pelas milícias do não!

Na rua Aurora eu nasci
Na aurora de minha vida
E numa aurora cresci.

No largo do Paiçandu
Sonhei, foi luta renhida,
Fiquei pobre e me vi nu.

Nesta rua Lopes Chaves
Envelheço, e envergonhado
Nem sei quem foi Lopes Chaves.

Mamãe! me dá essa lua,
Ser esquecido e ignorado
Como esses nomes da rua.

Moça linda bem-tratada,
Três séculos de família,
Burra como uma porta:
Um amor.

Grã-fino do despudor,
Esporte, ignorância e sexo,
Burro como uma porta:
Um coió.

Mulher gordaça, filó
De ouro por todos os poros,
Burra como uma porta:
Paciência...

Plutocrata sem consciência,
Nada porta, terremoto
Que a porta do pobre arromba:
Uma bomba.

Quando eu morrer quero ficar,
Não contem aos meus inimigos,
Sepultado em minha cidade,
Saudade.

Meus pés enterrem na rua Aurora,
No Paiçandu deixem meu sexo,
Na Lopes Chaves a cabeça
Esqueçam.

No Pátio do Colégio afundem
O meu coração paulistano:
Um coração vivo e um defunto
Bem juntos.

Escondam no Correio o ouvido
Direito, o esquerdo nos Telégrafos,
Quero saber da vida alheia,
Sereia.

O nariz guardem nos rosais,
A língua no alto do Ipiranga
Para cantar a liberdade.
Saudade...

Os olhos lá no Jaraguá
Assistirão ao que há-de vir,
O joelho na Universidade,
Saudade...

As mãos atirem por aí,
Que desvivam como viveram,
As tripas atirem pro Diabo,
Que o espírito será de Deus.
Adeus.

POEMAS INÉDITOS EM LIVRO

Eterna presença[3]

Este feliz desejo de abraçar-te,
Pois que tão longe tu de mim estás,
Faz com que te imagine em toda a parte
Visão, trazendo-me ventura e paz.

Vejo-te em sonho, sonho de beijar-te;
Vejo-te sombra, vou correndo atrás;
Vejo-te nua, oh branco lírio de arte,
Coroando-me a existência de rapaz...

E com ver-te e sonhar-te, esta lembrança
Geratriz, esta mágica saudade,
Dá-me a ilusão de que chegaste enfim;

Sinto alegrias de quem pede e alcança
E a enganadora força de, em verdade,
Ter-te, longe de mim, juntinho a mim.

3. Nota MA: "O soneto XXVIII de Cláudio Manuel da Costa (ed. Garnier) repete quase a mesma ideia, terminando 'Tão longe dela estou e estou tão perto'. Gosto muito de Cláudio Manuel, talvez seja isso".

[Rondó das coisas incríveis][4]

Quando acordei
Os amigos com suas brincadeiras
Não me permitiam concluir tua imagem.
Passei o dia procurando ficar só
Mas eles vinham:
Fala, homem!

É incrível.
Tinhas posto entre mim e os meus amigos
o silêncio do teu segredo.
[...]

4. Nota TAL/TLF: Trecho de poema transcrito por Manuel Bandeira na carta enviada a MA, [antes de 10 de outubro de 1924]. A resposta do autor em 19 de novembro [de 1924] convalida o título (V. MORAES, Marcos Antonio de, (Org.) *Correspondência Mário de Andrade e Manuel Bandeira*. 2ª ed. São Paulo: Edusp/IEB-SP, 2001, p. 134-149).

Rondó das gordas[5]

(16 de setembro de 1944)

Lá vão as gordas de Sabará!
São uma duas três quatro, em fila,
Pois lado a lado tampam a vila,
Nem sopro não passará.

Donas timpânicas, bambas, puras,
Imensamente solteiras, lá
Vão tudo esborrachando em gorduras,
As gordas de Sabará.

Dedos de fada! doces, biscoitos,
Tutus mais gordos ninguém fará;
Lá vão em fila, como quatro oitos,
As gordas de Sabará.

5. Nota TAL/TLF: Manuscrito no Arquivo Mário de Andrade, IEB-USP.

Viola quebrada[6]

Quando da brisa
No açoite
A frô-da-noite
Se acurvô
Fui s'incontrá
Cum a Maroca,
Meu amô,
Eu tive n'arma
Um choque duro
Quando ao muro
Já no escuro
Meu oiá
Andô buscando
A cara dela
E num achô!

Minha viola gemeu
Meu coração estremeceu,
Minha viola quebrou
Teu coração me deixou!

Minha Maroca
Arresorveu
Por gosto seu
Me abandoná

6. Nota TAL/TLF: Manuscrito, letra e música (Arquivo Mário de Andrade, IEB-USP).

Pruque os fadista
Nunca sabe
Trabaiá.
Isso é bestera
Que das frô
Que bria e chera
A noite intera
Vem apois
As fruita
Que dá gosto
Saboriá!

Minha viola gemeu
Meu coração estremeceu,
Minha viola quebrou
Teu coração me deixou!

Pru causa dela
Sô rapaiz
Munto capaiz
De trabaiá
E as noite intera
Os dia intero
Capiná;
Eu sei carpi
Pruque a minha alma
Está arada
Arroteada

Capinada
Com as foiçada
Dessa luiz
Do seu oiá!

Minha viola gemeu
Meu coração estremeceu,
Minha viola quebrou
Teu coração me deixou!

Projeto gráfico
Ana Luisa Escorel | Ouro sobre Azul

Assistência de projeto
Erica Leal | Ouro sobre Azul

Capa
Ana Luisa Escorel | **Erica Leal** | Ouro sobre Azul

Fotografia da capa
Mário de Andrade | São Paulo, 1917.
Acervo Ouro sobre Azul

Revisão
Carolina Rodrigues

Produção editorial
Guilherme Bernardo

Editoras
Janaína Senna
Maria Cristina Antonio Jeronimo

Este livro foi composto com Adobe CaslonPro e impresso no Rio de Janeiro, em fevereiro de 2012, pela Singular Gráfica, para a Nova Fronteira. O papel do miolo é offset 90g/m², e o da capa é cartão 250g/m².

Editora Nova Fronteira Participações S.A.
Rua Nova Jerusalém, 345 | Bonsucesso
CEP: 21042 235 | Rio de Janeiro RJ Brasil
T 21 3882 8200 | F 21 3882 8212 | 3882 8313

CIP BRASIL | CATALOGAÇÃO NA FONTE
SINDICATO NACIONAL DOS EDITORES DE LIVROS, RJ

Andrade, Mário de, 1893-1945
50 poemas e um Prefácio interessantíssimo
Mário de Andrade; organização: Janaína Senna; estabelecimento do texto: Telê Ancona Lopez e Tatiana Longo Figueiredo.
Rio de Janeiro: Nova Fronteira, 2012 | 136 pág.

ISBN 978 85 209 2991 9

1. Poesia Brasileira | I. Título

CDD 869 98
CDU 821 134
